für Ute
Juli 2010
Gisela

Knut Hamsun

VICTORIA

Werkausgabe in Einzelbänden

Knut Hamsun

VICTORIA

Eine Liebesgeschichte

Aus dem Norwegischen von
Alken Bruns

Mit einem Vorwort von
Joseph von Westphalen

List Verlag
München · Leipzig

WER LIEBT, DER LÜGT UND VERLETZT AUCH

Anmerkungen zu Hamsuns »Victoria«

von Joseph v. Westphalen

»Sie dürfen mich nicht so ansehen.«

Im Mai 1898 heiratet der 38jährige Knut Hamsun die schöne, wohlhabende, nach einem unschönen Prozeß frisch geschiedene Schauspielerin Bergljot Goepfert. Zur Hochzeit schenkt er seiner jungen Frau ein handgeschriebenes Gedicht, in dem er den ersten Mann der eben Angetrauten verhöhnt und sie als Dame der feinen Welt zeichnet, die ihn, den lumpigen Vagabundenpoeten zum Prinzgemahl erkor – ein genüßlicher Traum, ein Märchenmotiv, das Hamsun in seinem Roman »Victoria« wenige Wochen später aufgreifen und variieren wird.

Zu diesem Zeitpunkt war die Hungerleiderzeit des norwegischen Dichters längst vorbei. Hamsun war ein vielbeachteter Autor, der von den Verkäufen seiner Bücher vergleichsweise gut leben konnte. Seine Hochzeit war durchaus ein gesellschaftliches Ereignis. Das Paar verbrachte den ersten Sommer auf dem Land, wo es bereits zu den ersten Zerwürfnissen kam. Hier schreibt Hamsun »Victoria«, biographisch gesehen eine Art Verwandlung der persönlichen Liebesenttäuschung in Literatur. Der Autor hatte die Frau seiner Träume bekommen und war unglücklich, der Held wird die Heldin Victoria nicht bekommen. Ein Unglück anderer Art – aber der Traum bleibt erhalten.

Hamsun schreibt, aber weiß noch nicht, was dabei herauskommen wird. Seinem wartenden deutschen Verleger Albert Langen teilt er im Juli mit, über das in Arbeit befindliche Buch könne er nicht viel sagen, nur soviel, daß er es als ein Pendant zu dem 1894 erschienenen Roman »Pan« anlege. »Pan« komme ihm »dunkellila« vor, die Farbe des neuen Romans sei »hellrot«.

Im September 1898 schließt Hamsun sein Manuskript ab, mit dem er im Juni begonnen hatte. Ende Oktober schon wird der kurze Roman in Kristiania (wie die norwegische Hauptstadt Oslo von 1624 bis 1924 hieß) unter dem Titel »Victoria« veröffentlicht. Im »Morgenbladet« erscheint sofort ein boshafter Verriß: Hamsun habe keinerlei Kenntnis von den besseren Kreisen der Gesellschaft und sei nicht fähig, diese literarisch darzustellen. Das Urteil, wenn auch unqualifiziert und voller Mißgunst, trifft den Autor, der doch schon mehrere erfolgreiche Romane geschrieben hat, an einem wunden Punkt. Schließlich stammt er aus ärmlichsten bäuerlichen Verhältnissen. Er selbst kokettiert gern mit seiner Herkunft, und auch in seinem eben geschriebenen Roman läßt er den die feine Victoria so aussichtlos liebenden Müllerssohn Johannes ständig mit seinem einfachen Elternhaus kokettieren – aber natürlich darf einem kein fremder Schmierfink das vorwerfen, was man sich gern selbst zum Vorwurf macht.

Obwohl der »Victoria«-Verriß im »Morgenbladet« die einzige negativ-boshafte Kritik blieb, schickte Hamsun sie sofort dem ihm nicht näher bekannten dänischen Literaturpapst Georg Brandes, zusammen mit einem mehr raffinierten als rührenden Brief, in dem er den berühmten Kritiker »in tiefster Ehrerbietung« um ein Urteil bittet. Seine Selbstzweifel zermürbten ihn, schrieb er, er wisse nicht mehr, ob er mit dem Schreiben fortfahren solle. – Das briefliche Urteil von Georg Brandes ist nicht erhalten, es scheint, was »›Victoria‹ betrifft, nicht überaus positiv gewesen zu sein, denn in seiner langen Antwort vom Heiligabend 1898 verteidigt Hamsun seinen jüngsten Liebesroman nur matt: »›Victoria‹ ist nichts weiter als ein bißchen Lyrik. Ein Dichter kann ja schließlich auch manchmal ein bißchen Lyrik in sich haben, die er los sein möchte, namentlich wenn er zehn Jahre lang Bücher geschrieben hat, die die geballte Faust zeigten.«

Zu wirklichen Klagen und Zweifeln bestand allerdings keinerlei Anlaß. Andere Zeitungen priesen »Victoria« als gelungen und ergreifend, die erste Auflage von 6000 Exemplaren war rasch vergriffen, schon vor Weihnachten mußte nachgedruckt werden. Das sind Verkaufszahlen, die heute, 100 Jahre später, jeder europäische Verlag als sehr befriedigend werten würde.

Vor allem in Deutschland stößt der mit den Romanen »Hunger«, »Mysterien« und »Pan« bekannt gewordene Autor mit »Victoria« erwartungsgemäß auf großes Interesse beim Lesepublikum, kaum ist 1899 die Übersetzung auf dem Markt. Hamsuns bisherige Übersetzerin war Maria von Borch. »Victoria« übersetzte erstmals Mathilde Mann. Später wurden die meisten Werke Hamsuns von dem Übersetzerpaar Julius Sandmeier und Sophie Angermann übertragen oder überarbeitet.

Die hohen Auflagen seiner Bücher in Deutschland ermöglichen Hamsun, schon lange ehe er für seinen Roman »Segen der Erde« 1920 den Nobelpreis erhalten wird, eine großzügige Lebensführung und erfüllen ihn mit einer Dankbarkeit für die Deutschen, die später wohl mit den Ausschlag gegeben hat für seine Haltung gegenüber den Nazis. Diese Haltung läßt sich allerdings nicht allein als Verblendung eines schwerhörigen Greises erklären. Hamsun war vielmehr ein waschechter, starrsinniger Kollaborateur, zu dessen Entlastung man allenfalls sagen kann, daß Huldigungen der Mächtigen einem politisch nicht standfesten Autor leicht schmeicheln und ihn irritieren dürften. Beifall tut zunächst gut. Ihn als falsch oder perfide zu erkennen ist zwar ein intellektuelles Vergnügen, verlangt aber Kraft und genaues Hinsehen. Wer einen schätzt, kann doch so schlimm nicht sein, wie einem manche zuflüstern, mag sich der Umworbene denken. Doch gibt es durchaus auch Beispiele von Künstlern, um deren Arbeiten sich die Kulturbehörden der Nazis bemühten, die sich den Umarmungsversuchen des Regimes aber instinktsicher oder angewidert entzogen. Daß Hamsun, der große Verächter des lächerlichen Verhaltens, ausgerechnet die idiotischen Verrenkungen der Nazis nicht von Anfang an wahrnahm und auch später die großen Verbrecher mit seiner Verachtung verschonte, wird ewig ein Jammer bleiben.

Vielleicht läßt sich das dunkle Kapitel der Affinität Hamsuns zu den Nazis und vice versa versuchsweise mit einem nur wenig hinkenden Gleichnis aus der Chemie erhellen: Hamsuns Bücher enthalten von Anfang an einen Bitterstoff, einen spöttischen Skeptizismus, eine durchaus erfrischende reaktionäre Fortschrittsfeindlichkeit. Sie sind giftig. Das ist ihr Charme und ihre Würze. In normalen, glattgepflegten und fortschrittsfreudigen Zeiten tun diese Essenzen nur gut. Heute zum Beispiel herrscht ein solcher Mangel an galligem Bewußtsein, daß Feuilleton, Verlage und Buchhandlungen im Dreiklang um bitterböse Bücher bitten. Wer ein paar von Hamsuns fortschrittsfeindlichen Romanen gelesen hat, kann sich ausmalen, mit welchem inbrünstigen und wohltuenden Abscheu der Autor in unseren Tagen zum Beispiel die mit einem Handy in der Gegend umhertelefonierenden Möchtegernmanager beschreiben würde und um wieviel schärfer noch seine Ablehnung ausfiele, wenn adrette Geschäftsfrauen mit dem schnurlosen Telefon am Ohr affig auf und ab gingen. Das würden wir gern lesen. Das wäre vielleicht endlich einmal so gemein, daß es die Betroffenen nicht mehr komisch finden würden. – Als aber Hamsuns köstliche und komische reaktionäre Giftstoffe auf die nationalsozialistische Ideologie trafen, gingen sie leider eine übelriechende Verbindung ein. Dieses Zusammentreffen war für Hamsun, für seinen Ruf und seine Bücher ein Unglück. Beispiel: Die Frauenemanzipation bringt die komischsten Phänomene hervor, und wenn die gut beschrieben sind, lacht sich auch der Befürworter dieser Bewegung schief darüber. Nicht mehr zum Lachen ist es, wenn die Verspottung von Leuten beklatscht wird, die die Frau lieber am germanischen Herd stehen sehen wollen.

»Victoria« entwickelt sich zu Hamsuns bestverkauftem Buch. 1923 wird bei Albert Langen die 18. Auflage gedruckt und mit Pressestimmen im Stil der Zeit begleitet.

Der Roman sei »zauberhaft schön, ganz Musik«, sei »eine wundersame Melodie von einem Reichtum innerer Zartheit und Fülle und kraftgesunden Vorwärtsschreitens, die den Leser mit einer ganz großen Freude erfüllt«, schreibt die Chemnitzer »Volksstimme« – Formulierungen, über die man nur den Kopf schütteln kann. Nicht nur wegen ihres Tons. Sie sind auch falsch. Denn nichts geht vorwärts und schon gar nicht kraftgesund. Der Reiz des Romans ist es, daß es nicht weiter geht mit der Liebe, die auch nicht als zartes melodisches Gespinst erscheint, sondern als schräger Mißton, gemein und ständig verletzend. Leser, die diese »Geschichte einer Liebe«, wie der Untertitel der deutschen »Victoria«-Übersetzung lautete, »mit einer ganz großen Freude erfüllt«, müßten pervers oder zumindest schadenfroh sein. Schließlich handelt es sich hier um eine völlig unerfüllte Liebe, die den normalen Menschen weniger erfreut als in den Zustand schmachtender Melancholie versetzt und mitfühlend seufzen läßt.

»Was wollen Sie von mir?«

Zuviel des guten Pathos, aber inhaltlich nicht ganz so daneben ist das Urteil, das zur selben Zeit »Die Zeit« in Wien fällt. Hier ist von »beklemmender Qual« die Rede, vom »Schmerzdurchbebten« und vom »Verzweiflungszerrissenen«. Immerhin rühmt der schwülstige Rezensent zutreffend Hamsuns Kunst, große Gefühle »ohne leidenschaftliche Worte« deutlich zu machen.

1927 sind bereits 185 000 Exemplare von »Victoria« verkauft, und die »Berliner Börsenzeitung« merkt an: »Wenn aus der breiten Fülle der Gegenwartsliteratur einmal alles vergangen und verstaubt sein wird, dann wird ›Victoria‹ leben und jungen liebenden Menschen Gefährtin sein genauso wie gestern und heute.«

Solche lapidaren Prophezeiungen werden auch heute gern verwendet, vor allem dann, wenn Bücher sich nicht durchsetzen können. Was »Victoria« betrifft, sollte der raunend posaunende Rezensent nicht ganz unrecht haben. Den großen Erfolg hatte der Roman sogar noch vor sich. Als nach 1945 Hamsun in seiner norwegischen Heimat wegen seines sturen Kollaborierens mit den Nazis den Haß seiner Landsleute zu spüren kriegte und seine Werke zunächst nicht mehr aufgelegt wurden, erlebten seine Bücher im Nachkriegsdeutschland einen Boom, ohne daß eine kritische Auseinandersetzung mit dem Autor stattgefunden hätte. »Victoria«, frei von politischer Polemik und geballten Fäusten (sieht man von den geballten Fäusten der Eifersucht ab) eignete sich besonders für den sauberen Beginn einer Hamsun-Renaissance. Hamsun war nie ein Blut-und-Boden-Autor, aber nach seinem Roman »Segen der Erde« wurde er schon wegen dieses Titels als ein solcher mißverstanden und vereinnahmt.

»Victoria« ist frei vom verdächtigen Geruch der Scholle. Hier gibt es nur Blut und Blumen. Im dritten Kapitel versucht Hamsun, der sich als Erzähler sonst darauf beschränkt, die Liebe im verstockten Verhalten von Victoria und Johannes sichtbar zu machen, eine Definition der Liebe. Eine riskante Passage mit etlichen Klischees (»Die Liebe ist eine Sommernacht mit Sternen am Himmel und Duft auf der Erde«), die man aber gerne hinnimmt, weil man mit originellen, fast biblischen Bildern entschädigt wird: »Warum aber läßt sie [die Liebe] den Jüngling verborgene Wege gehen und den Greis in seiner einsamen Kammer sich auf die Zehenspitzen stellen? ... und verdunkelt [sie nicht] den Verstand der Prinzessin? Dem König drückt sie den Kopf zu Boden, daß er mit seinem Haar den Staub auffegt, und unterdessen flüstert er schamlose Worte bei sich selbst und lacht und streckt die Zunge heraus.« Am Ende dieser Galerie expressionistischer Liebesbilder wird die poetisch mattere, aber leitmotivische Summe der Hamsunschen Liebe genannt: »all ihre Wege aber sind voller Blumen und Blut, Blumen und Blut.«

1948 erscheint die erste Nachkriegsauflage von »Victoria«, jetzt im List Verlag. 1950 waren bereits 435 000 Exemplare verkauft. – »Ein modernes Hohelied der Liebe, eine ergreifende Verherrlichung ihrer Allgewalt«, wie der Verlag damals im Klappentext erhaben schrieb.

Es ist zweifellos die Geschichte einer echten großen Liebe. Ergreifend daran, und tatsächlich vielleicht modern, sind aber nicht die Größe oder Reinheit oder Leidenschaft oder gar Allgewalt dieser Liebe, sondern ihre Ohnmacht, ihre Kleinkariertheit, ihre Enge, ihre Verklemmtheit. Noch ergreifender, daß diese Liebe mehr aus häßlichen Heucheleien als aus schönen Worten besteht, daß sie ständig neue Gemeinheiten produziert, daß es aber trotzdem spürbar die große Liebe ist. Ergreifend also ist das verwirrende Paradox, daß die echte große Liebe offenbar immer falsch und auch kümmerlich ist. Die Geschichte von Victoria und Johannes ist eine Bestätigung der elenden Legende, daß die Liebe um so beherrschender und haltbarer ist, je weniger sie Erfüllung findet. Gegen dieses nordische Liebespaar konnten sich Romeo und Julia vergleichsweise austoben. Der Schmerz der berühmten Veroneser Verliebten ist oberflächlich. Zwei simpel verfeindete Familien stehen zwischen ihrem Glück, das ist traurig, aber auch einfach und begreifbar. Romeo und Julia sind ungeniert und wissen, was sie wollen. »Victoria« aber ist ein Hymnus auf das Maskieren und Verschweigen der Gefühle.

Johannes ist ein Dichter, und so könnte man annehmen, seine Liebe zu Victoria sei eine typische Dichterliebe, sublimationsbesessen sozusagen, er will leiden, der Narr, er will die Erfüllung nicht, weil die Sehnsucht danach ihn produktiv macht. Eine neurotische Spezialliebe also, die hier vom nicht gerade unneurotischen Hamsun geschildert wird. So aber ist es nicht. Millionen Leser sagen zwar nichts über die Qualität eines Buches aus (denn auch die Bildzeitung wird von Millionen Menschen gelesen, und zwar mit Andacht), aber doch über herrschende Bedürfnisse und Empfindungen. Wenn sich im Laufe der letzten hundert Jahre Millionen Leserinnen und Leser mit der Geschichte der Liebe von Victoria und Johannes identifizierten, dann heißt das auch, daß sie den Schmerz als Element und Schubkraft der modernen Liebe akzeptieren.

Die Rolle, die »Victoria« immerhin 60 Jahre lang gespielt hatte, ist allerdings im Laufe der 50er Jahre erheblich zurückgegangen. Man kann beim besten Willen nicht behaupten, Hamsuns »hellroter« Roman sei in den letzten Jahrzehnten noch ein Kultbuch für unglücklich Liebende gewesen. Hamsun ist ein Klassiker geworden, der nicht zuletzt wegen der politischen Flecken auf seiner Weste ein wenig ins Abseits geraten ist. Unglücklich liebende Frauenfiguren wie Madame Bovary, Effie Briest oder Anna Karenina sind heute sicher populärer als das eigenartige Mädchen aus dem Norden, das so seltsam gemein ist zu dem Mann, der es vergeblich liebt.

Dennoch kann hier anläßlich einer Neuübersetzung guten Gewissens zur Lektüre von »Victoria« aufgerufen oder animiert werden. Erst hatte der Animateur Bedenken. Es gibt Bücher, die ihre Zeit hatten, in der sie Wunder wirkten und begeisterten – aber dann ist es vorbei. Bei Hamsuns galligen, die Faust zeigenden Romanen »Hunger« (1890) und »Mysterien« (1892) wäre ich blindlings sicher, was die zeitlose Gültigkeit, die weltliterarische Haltbarkeit betrifft. Ebenso bei den vergleichsweise satirischen, wüst und munter gegen die Freuden des Fortschritts polternden Segelfoßromanen »Kinder ihrer Zeit« (1913) und »Die Stadt Segelfoß« (1915) und bei dem vor Thomas Mann geschriebenen Zauberbergroman »Das letzte Kapitel« (1923) und dem frechen Leistungsverweigerungsroman »Der Ring schließt sich« (1936), der sich wie das Buch eines jungen und nicht eines 77jährigen Autors liest. »Victoria« aber auf Anhieb Aktualität zu bescheinigen, fällt nicht so leicht.

Als Heranwachsender in den frühen 60er Jahren hatte mir »Victoria« gut geschmeckt wie auch »Pan« (1894). Doch auf die eigene selige, blaß gewordene, oft treulose Erinnerung ist bekanntlich ebenso wenig Verlaß wie auf fremde Pressestimmen. Wer weiß, »Victoria« war vielleicht doch zu neuromantisch bittersüß, zu waldesrauschend, vielleicht tatsächlich einfach zu lyrisch. Bedenklich auch, daß diese Liebesgeschichte in einer Phase entstanden war, als Hamsun wabernde Gedichte und schwülstige Dramen schrieb, die einen heute nichts mehr angehen.

Als mich die fast 100 Jahre alte Liebesgeschichte bei der Überprüfungslektüre noch immer packte, fing ich an, meinem Geschmack zu mißtrauen. Man wird ja irgendwann trottelig und milde, und vielleicht hatten mich in einem Anfall onkelhafter Rührung Glück und Unglück dieser jungen Liebe benebelt. Die Handlung von »Victoria« ist von kaum zu überbietender Trivialität: Müllerssohn kann feines Schloßfräulein nicht kriegen. Das ist doch allenfalls als Märchen zu akzeptieren. Am Ende gefällt einem dieser als zivilisationsfeindlich und antiintellektuell verschriene Hamsun mit seiner archaisch einfachen Sprache nur, weil man selbst ein intellektueller Liebhaber der Zivilisation ist – als Gegengift sozusagen, so wie sich der Prüde gerne an Pornographie labt und der Humorlose an Satiren?

»Sie wollte ihn nicht, nun ja.«

Ehe ich heute für »Viktoria« die Trommel rühren würde, schien es mir in jedem Fall ratsam, die Meinung von ein paar unbefangenen Lesern einzuholen. Marktforschung en miniature sozusagen. Was sagen 14- bis 19jährige oder auch 20- bis 30jährige zu dem Roman? Können sie überhaupt noch irgend etwas mit dem Hin und Her der jungen Hauptfiguren anfangen?

Ich besorgte mir ein gutes Dutzend »Victoria«-Ausgaben, verteilte sie unter Versuchspersonen und versprach, die Stellungnahme zu honorieren. 20 Mark für Teenager und 30 für Twens. Das Angebot löste interessanterweise Stirnrunzeln bei kulturpessimistischen Eltern aus. Als wenn Lesen für Geld Sünde wäre! Kritisches Lesen ist nun mal nicht nur Lust, sondern auch Arbeit. Außerdem wollte ich, daß auch bei Nichtgefallen das Buch zu Ende gelesen wird, und warum sollte es für eine Lektüre, die einem nicht behagt, keine Entschädigung geben.

Die Reaktion war überraschend. Nur zwei Mädchen hatten nach einem Blick auf die ersten Seiten keine Lust, das Buch zu lesen. Nicht jetzt. Später vielleicht. Verständliche Abwehr. Das magere Honorar lockt nicht genug. Der Appetit auf die tägliche Fernsehserie oder den harmlos-spießigen Sex-and-crime-Ami-Schmöker ist stärker. Auch gut. Hamsun-Leser sind weiß Gott nicht die besseren Menschen. Die anderen Schüler und Studenten lasen »Victoria« rasch und wohlwollend. Die altertümlichen Wendungen der bisherigen Übersetzung störten sie nicht sonderlich, vielleicht, weil sie ihnen noch von den Märchen her vertraut waren. Ich hatte angenommen, daß die heute doch nur noch schwer vorstellbaren Standesschranken, die Victoria und Johannes das Leben und die Liebe schwermachen, junge Leser von heute irritieren. Tun sie nicht. Sei es, daß ihnen auch diese Schranken als Märchenmotiv vertraut sind, sei es, daß sie mühelos auf heutige Hindernisse übertragbar sind. Wenn sich die blasse Gymnasiastin aus Hannover und der braungebrannte Sohn des Liegestuhlverleihers aus Neapel ineinander verlieben, kann es schließlich noch immer zu ähnlichen Problemen kommen.

Mit Hamsuns ungewöhnlich einfacher Sprache hatten nicht die Schüler Probleme, sondern eher die belesenen Studenten, die die Schwierigkeiten der Liebe in französischen Romanen des 19. Jahrhunderts oder auch bei Arthur Schnitzler, Stefan Zweig oder Theodor Fontane eleganter, gepflegter und delikater beschrieben wissen und sich an Hamsuns lapidaren Aussparungsstil gewöhnen mußten. Die neue Übersetzung wird hier einige Einwände verstummen lassen. Hamsuns typischen schlichten und kernigen Stil hat sie erhalten.

An diesem Stil kann man sich nach wie vor berauschen – wenn man ihn mag. Wem Hamsuns Sprache grob, naiv, hölzern oder selbstgestrickt vorkommt, der wird sich mit diesem Autor schwer tun. Geschmackssache. Ich zum Beispiel tue mir mit Marguerite Duras schwer (und würde ihre Bücher nur gegen Honorar zu Ende lesen). Ein seltsamer, vielleicht unsinnig schiefer Vergleich, der mir in den Sinn kommt, vielleicht, weil Marguerite Duras auch karg schreibt und viel ausspart, vielleicht, weil es genug Leser gibt, die die Duras schätzen, so wie ich Hamsun schätze. Und niemand hat es mir bisher nehmen können, den Duras-Stil prätentiös, geziert und witzlos zu finden, während ich nach wie vor der Ansicht bin, daß Hamsun den *nouveau roman* schon überholt hatte, Jahrzehnte ehe er aufkam.

»Verstehen Sie? Sie sind der Mann, den ich liebe.«

Hamsuns schmale Liebesgeschichte liest sich (mehr noch als seine umfangreicheren 300-Seiten-Romane) passagenweise wie ein Drehbuch. Die Dialoge sind knapp und verschweigen meist die Gefühle der Hauptfiguren, die der Leser um so besser spürt. Wenn die Figuren verstummen, schreibt Hamsun oft nur lakonisch »Pause«. Das Schweigen und Verschweigen ist es, das zu Verwicklungen führt, die Liebe anheizt und die Handlung zum Verhängnis treibt. Keiner will sein Herz öffnen, keiner will sich etwas vergeben. »Er hat mehr Geld in der Tasche«, sagt Johannes zu Victoria bitter über ihren Verlobten. Klassische Standardbeleidigung eines Beleidigten. Danach kommt ein Satz, der sich wie eine Regieanweisung liest: »Sie entfernte sich sofort.« In dieser wortlosen Antwort ist das ganze Unglück dieser Liebe ausgesprochen.

Nur vordergründig stehen die Standesschranken und die Verlobung Victorias mit dem ungeliebten Leutnant dieser unerfüllten Liebe im Weg. Das größte Hindernis zwischen Victoria und Johannes sind die Verschlossenheit, die Verschwiegenheit, die Vorwände, mit denen sich die beiden Liebenden gegenseitig malträtieren. Hier wird vorgeführt, wie sich zwei Menschen ständig Gleichgültigkeit vormachen, obwohl sie doch fast vor Liebe vergehen. Erst als es zu spät ist, kann Victoria Johannes ihre große Liebe gestehen. Es herrscht die pure Unvernunft. Die beiden arbeiten an der Zerstörung ihrer Liebe, anstatt sie zu pflegen.

Eine typische und komische Stelle im Roman: Die unglücklich verlobte und unglücklich verliebte Victoria besucht unter einem Vorwand auf dem Terrain des väterliches Besitzes die Eltern von Johannes in der Mühle. Der Müller wundert sich, daß das feine Fräulein zu Fuß durch den feuchten Wald gelaufen kommt bei dem Wetter: »Nun haben Sie nasse Füße bekommen in den kleinen Schuhen. – Nein, der Weg ist trocken, sagt sie kurz. Ich war sowieso unterwegs.« Dann bringt sie das Gespräch beiläufig auf Johannes. Als Victoria geht, heißt es: »Sie steigt mit ihren kleinen Schuhen über die Pfützen auf dem aufgeweichten Weg.« – Intimere Hamsun-Kenner werden diese Stelle doppelt amüsant finden, denn der Autor läßt seine Figuren auffallend häufig auf das Schuhwerk bedacht sein – wieder eine klassische Koketterie Hamsuns mit seiner Herkunft: Wer aus kleinen Verhältnissen kommt, gibt auf seine Schuhe acht. Auch dies ist übrigens ein leicht reaktionärer Zug. Es gibt kaum Ältere, die von ihm frei sind. Der ungehemmte Verschleiß von Schuhwerk und Garderobe der Kinder provoziert noch heute den fürchterlichen Ausruf der Eltern: Wir mußten früher mit unseren Schuhen besser umgehen! – Robert Neumann hat diesen Tick Hamsuns schon in den 20er Jahren zum Anlaß für eine unübertreffliche Parodie genommen (»Mit fremden Federn«). Hamlet à la Hamsun: Nicht der Geist des Vaters steht im Zentrum des Interesses, sondern die langsam sich lösende rechte Sohle am Schuh des Dänenprinzen. – Die Frau des Müllers ahnt, daß Victoria wissen wollte, wann Johannes zurückkommt, und als sie es weiß, schickt sie ihren Mann mit der Nachricht ins Schloß. Victoria empfängt ihn. »Ihre Miene wird kalt. Sprich laut, Müller; wer kommt? – Johannes. – Johannes. Ja, und?« Der Müller nimmt sich vor, nie wieder auf seine Frau zu hören.

Ein erstaunlicher, psychologisch einleuchtender Beleg dafür, wie Sehnsucht Frustrationen schafft und bösartig macht. Blödsinniger als Victoria kann man nicht täuschen und sich verstellen. Auch Johannes selbst, der in seiner Not oft höhnisch ist, wird ein Opfer von Victorias Gemeinheiten. Ganz gut beobachtet, ganz amüsant sogar, sagt sich heute der reife Leser, aber irgendwie auch nicht ganz normal. Etwas nordisch verquer, wie die miteinander umgehen. Muß doch nicht sein, daß Liebe solche Züge annimmt.

Seltsamerweise haben Victoria und Johannes mit dem grausamen Versteckspiel ihrer wahren Gefühle die jungen Leserinnen und Leser von heute hinter sich, und zwar »voll«. Ich habe meine 14-, 17- und 29jährigen Testpersonen gefragt, ob sie überhaupt nachvollziehen können, daß sich jemand, der liebt, so verdreht verhält wie Victoria und Johannes. Da haben mich die Mädchen und Jungen erstaunt angelacht und »logo« gesagt. »Hundert pro« würden sie sich auch so verhalten. Eine 16jährige beugte sich lolitahaft vor (daß ich mir schon vorkam wie der nabokovsche Humbert), und wie um es mir klarer zu machen, betonte sie leise und eindringlich jede Silbe ihrer Lebensweisheit: »Man-kann-doch-im-mer-al-les-ver-ra-ten!«

Einige (40- bis 50jährige) Eltern waren durch die Aktion neugierig geworden, nahmen »Victoria« auch zur Hand und lasen – honorarfrei. Die Väter weniger als die Mütter, aber den Vätern gefiel es besser. Die von 1968 geprägte emanzipierte Frau von heute wünscht sich die Liebe lokker, findet es eigentlich schrecklich, wie Victoria und Johannes sich abquälen, verschlingt das Buch aber dann doch mit einem gerührten Seufzer, wie übrigens auch die Großmutter, die es wortlos nunmehr zum dritten oder vierten Mal in ihrem Leben zu sich nimmt. Hartgesottene Familienväter erkennen sich im schmachtenden 20jährigen Johannes eher wieder als erfahrene Frauen in der unerfahrenen Victoria, was nur scheinbar erstaunlich ist. Denn sieht man von den Hintergründen und der dramatisch verwikkelten, tragischen Handlung ab, ist »Victoria« vor allem die Geschichte eines Mannes, der verzweifelt eine Frau liebt, von der er sich genarrt fühlt – und dieses Motiv ist eines der populärsten überhaupt.

Der bockig trauernde, von einer Frau verwirrte Mann liefert den Grundstoff für unzählige Tango-, Blues- und Schlagertexte, für Rock- und Folk- und Countrysongs, in denen uns seit Jahrzehnten klagende Männer in allen Variationen begegnen: heiß tobende, kalt trotzende, weich jammernde, hart wütende, immer von Sehnsucht gebeutelte und von Illusionen besessene Männer. Ein Ende dieses Archetypus ist nicht abzusehen, und solange er besteht, wird ein Roman wie »Victoria« nicht nur ein interessantes Werk der Weltliteratur sein, sondern auch für von der Liebe ge- oder betroffene Leser aktualisierbare Identifikationsmuster bereithalten und Gültigkeit entfalten. Immerhin klischiert Hamsun in diesem Roman seine Titelheldin nicht als launisches, rätselhaftes Weibchen, sondern erklärt Victorias eigensinniges, inkonsequentes Verhalten aus ihrem Los als eine um ihr Liebesglück betrogene Frau.

Hamsun war zwar ein dummer Kollaborateur, aber in seinen Büchern gibt es keine Spur von einer Naziideologie. Ein Reaktionär allerdings war er schon. Und das Bild der Liebe, das er in Victoria zeichnet, ist eigentlich ein reaktionäres Bild. Eine moderne Liebe stellt man sich freier vor, vielleicht wie die von Lady Chatterley. So gräßlich unerfüllt wie das Verhältnis von Victoria und Johannes will man sie nicht haben – aber wem ist diese Art von Liebe nicht bekannt. In den Dramen Anton Tschechows liebt jede und jeder immer den oder die Falsche – eine andere pessimistische Variante des Liebesunglücks; auch die kommt heute, am Ende des Jahrhunderts, noch ebenso vor wie zu dessen Beginn.

1892 hatte Hamsun auf eine Umfrage nach seinem Bild der Frau die »nordische Kristianenserin« verhöhnt, »diese Hanswurstin mit Brille, Fahrrad und Stimmrecht«, und er wünscht sich für das 20. Jahrhundert eine Frau, die wieder tanzen, beten und lachen kann, ein Mensch der Schönheit und der Lebensfreude: die Eva der Reaktion – Ave!

Seine Heldinnen, ob sie Dagny (in »Mysterien«), Edvarda (in »Pan«) oder Victoria heißen, mögen schön sein, sie verdrehen den Helden den Kopf. Aber nicht Tanz, Gebet und Lebensfreude zeichnen sie aus – Gott sei Dank! –, sondern eher Zerrissenheit. Camilla, in »Victoria«, der Johannes als Kind das Leben rettet und mit der er sich später aus Verzweiflung verlobt, mag vielleicht eine solche positiv blühende Figur sein. Sie wird als »ungeniert« geschildert, und was immer sie sagt, sagt sie »ohne Umschweife«. Sie ist das blanke Gegenteil von Victoria, die nur aus Geniertheit und Umschweifen besteht – und die einem trotzdem näher und lieber ist.

Die Liebe selbst, so scheint es, hat reaktionäre Züge. In den 70er Jahren wurde ein ganz anderes Buch als Hamsuns »Geschichte einer Liebe« millionenfach gelesen, nämlich Erich Fromms »Die Kunst des Liebens«. Die dort zur Nachahmung empfohlene Liebe ist das blanke Gegenteil der von Hamsun geschilderten. Sie ist aufrichtig, ehrlich und enthält keine Verzweiflung. Eine wirklich fortschrittliche Liebe. Ganz vernünftig eigentlich, denn wer will schon leiden und unglücklich sein. Lieben muß man lernen, schreibt der Psychologe Fromm, und zuerst muß man lernen, sich selbst zu lieben, wenn man einen anderen wirklich lieben will. Da fängt bei Hamsun das Elend schon an. Die langweilige, nette Camilla liebt sich vielleicht und ist mit sich im Einklang, Victoria und Johannes aber machen sich selbst unentwegt schlecht. Nach Erich Fromm wären die beiden ein Musterpaar der Liebesunfähigkeit. Kein Leser aber wird ihnen ihre Liebe abstreiten.

So geradeheraus und offen, wie bei Fromm geliebt werden soll, das kann die Lösung auch nicht sein. Auch hier bei der Liebe müssen wohl, wie bei der Erziehung oder in der Gesellschaftswissenschaft, die progressiven Positionen überdacht werden. Glück hin, Glück her, es sieht so aus, als sei Liebe ohne Verzweiflung nicht zu haben. Die Psychologen haben den Liebenden noch nie wirklich helfen können. Wer liebt, der lügt und verletzt auch, sich und den anderen. Wer liebt und leidet, dem hilft weder Freud noch Fromm, sondern nur Heine oder Hamsun. »Victoria« zeigt, daß Mißtrauen und Mißverständnisse, Quälerei und Kitsch und andere Scheußlichkeiten zur großen Liebe dazugehören. Die Dichter haben es schon immer gewußt. Die Liebe ist ein Wunder und ein alter Hut. Der Reim von Schmerz auf Herz ist albern, aber es ist etwas dran.

I

Der Müllerssohn wanderte herum und dachte nach. Er war ein großer Bursche von vierzehn Jahren, braun von Sonne und Wind, voller Ideen.

Wenn er groß war, wollte er Streichholzmacher werden. Das war so schön gefährlich, an seinen Fingern könnte Schwefel hängenbleiben, so daß niemand ihm die Hand zu geben wagte. Er würde bei den Kameraden großen Respekt genießen wegen seines unheimlichen Handwerks.

Er sah nach seinen Vögeln im Wald. Er kannte sie alle, wußte, wo ihre Nester waren, verstand ihre Stimmen und beantwortete sie mit verschiedenen Rufen. Mehr als einmal hatte er ihnen Teigkugeln aus dem Mehl der Mühle seines Vaters gebracht.

All diese Bäume am Weg waren seine guten Bekannten. Im Frühjahr hatte er ihnen Saft abgezapft, und im Winter war er ihnen ein kleiner Vater gewesen, hatte sie vom Schnee befreit, ihren Ästen aufgeholfen. Und selbst oben in dem verlassenen Granitbruch war kein Stein ihm fremd, er hatte ihnen Buchstaben und Zeichen eingehauen und sie aufgerichtet, hatte sie wie eine Gemeinde um den Pfarrer gruppiert. In diesem alten Granitbruch geschahen alle möglichen merkwürdigen Dinge.

Er bog ab und kam zum Stauwasser hinunter. Die Mühle ging, ein ungeheurer, erdrückender Lärm umgab ihn. Er war es gewohnt, hier umherzugehen und laut mit sich selbst zu sprechen; jede Schaumperle hatte gleichsam ein kleines eigenes Leben, über das es etwas zu sagen gab, und drüben bei der Schleuse fiel das Wasser senkrecht ab und sah wie ein glänzendes Tuch aus, das zum Trocknen draußen hing. Im Teich hinter dem Wasserfall waren Fische; dort hatte er oft mit seiner Angel gestanden.

Wenn er groß war, wollte er Taucher werden. Das stand fest. Dann würde er vom Deck eines Schiffes ins Meer steigen und in fremde Reiche und Länder kommen, wo große, seltsame Wälder wogten und ein Korallenschloß auf dem Grund stand. Und aus einem Fenster winkt ihm die Prinzessin zu und sagt: Komm herein!

Da hört er hinter sich seinen Namen; der Vater stand da und rief Johannes.

Vom Schloß ist nach dir geschickt worden. Du sollst die jungen Herrschaften zur Insel rudern.

Er machte sich eilig auf den Weg. Eine neue, große Gnade war dem Müllerssohn widerfahren.

Das Herrenhaus sah in der grünen Landschaft wie ein kleines Schloß aus, ja, wie ein unglaublicher Palast in der Einsamkeit. Es war ein weißgestrichener Holzbau mit vielen Bogenfenstern in den Wänden und am Dach, und vom runden Turm wehten Fahnen, wenn Gäste da waren. Man nannte es »Das Schloß«. Auf der einen Seite des Herrenhauses aber lag die Bucht, auf der anderen waren die großen Wälder; weit entfernt sah man ein paar kleine Bauernhäuser.

Johannes fand sich an der Anlegebrücke ein und ließ die Kinder ins Boot steigen. Er kannte sie, es waren die Kinder des Schloßherrn und ihre Kameraden aus der Stadt. Alle trugen hohe Stiefel, um durchs Wasser zu waten; Victoria aber, die nur Riemchenschuhe trug und auch erst zehn Jahre alt war, mußte an Land getragen werden, als sie zur Insel kamen.

Soll ich dich tragen? fragte Johannes.

Mit Verlaub! sagte der Stadtherr Otto, ein Mann im Konfirmandenalter, und nahm sie auf die Arme.

Johannes schaute zu, wie sie weit aufs Land getragen

wurde, und hörte sie danke sagen. Dann sagte Otto zurückgewandt:

Du paßt doch aufs Boot auf – wie hieß er noch gleich?

Johannes, antwortete Victoria. Ja, er paßt aufs Boot auf.

Er blieb zurück. Die anderen gingen auf die Insel, in den Händen Körbe zum Eiersammeln. Er stand eine Weile da und grübelte; gern wäre er mit den anderen gegangen, und das Boot hätten sie einfach an Land ziehen können. Zu schwer? Es war nicht zu schwer. Und er packte das Boot und zog es ein Stück hinauf.

Er hörte das Lachen und Plaudern der jungen Gesellschaft, die sich entfernte. Auch gut, bis später. Sie hätten ihn aber ruhig mitnehmen können. Er kannte Nester und hätte sie hinführen können, seltsame, versteckte Löcher im Fels, wo Raubvögel mit Borsten auf dem Schnabel hausten. Einmal hatte er auch einen Hermelin gesehen.

Er schob das Boot ins Wasser und begann, zur anderen Seite der Insel zu rudern. Als er eine Strecke weit gekommen war, rief ihm jemand zu:

Ruder zurück. Du schreckst die Vögel auf.

Ich wollte euch nur den Hermelin zeigen? erwiderte er fragend. Er machte eine kleine Pause. Und dann könnten wir das Schlangenloch ausräuchern? Ich habe Streichhölzer dabei.

Er bekam keine Antwort. So wendete er das Boot und ruderte zur Landungsstelle zurück. Er zog das Boot an Land.

Wenn er groß war, wollte er vom Sultan eine Insel kaufen und jeden Zugang zu ihr verbieten. Ein Kanonenboot würde seine Küsten schützen. Eure Herrlichkeit, würden die Sklaven melden, auf dem Riff sitzt ein Schiff fest, es ist aufgelaufen, die jungen Menschen darauf kommen um. Laßt sie umkommen! antwortet er. Eure Herrlichkeit, sie rufen um Hilfe, noch können wir sie retten, eine weißgekleidete Frau ist dabei. Rettet sie! befiehlt er mit Donnerstimme. So sieht er die Kinder des Schloßherrn nach vielen Jahren wieder, und Victoria wirft sich vor ihm nieder und dankt ihm für seine Rettung. Nichts zu danken, es war nur meine Pflicht, antwortet er; bewegt euch frei in meinen Ländern, wo ihr wollt. Und dann läßt er der Gesellschaft die Tore des Schlosses öffnen und bewirtet sie aus goldenen Schüsseln, und dreihundert braune Sklavinnen singen und tanzen die ganze Nacht. Als aber die Schloßkinder wieder abreisen wollen, bringt Victoria es nicht fertig, sondern wirft sich schluchzend vor ihm in den Staub, weil sie ihn liebt. Laßt mich hierbleiben, verstoßt mich nicht, Eure Herrlichkeit, macht mich zu einer Eurer Sklavinnen...

Er macht sich eilig auf den Weg auf die Insel, fröstelnd vor Ergriffenheit. Jawohl, er würde die Schloßkinder retten. Wer weiß, vielleicht hatten sie sich auf der Insel verirrt? Vielleicht hing Victoria zwischen zwei Felsen fest und konnte nicht loskommen? Es kostete ihn das Ausstrecken eines Arms, sie zu befreien.

Doch die Kinder sahen ihn erstaunt an, als er kam. Hatte er das Boot allein gelassen?

Ich mache dich für das Boot verantwortlich, sagte Otto.

Ich könnte euch zeigen, wo es Himbeeren gibt? fragte Johannes.

Schweigen in der Gesellschaft. Victoria ging sofort darauf ein.

Ja? Wo denn? fragte sie.

Der Stadtherr aber überwand sich schnell und sagte:

Damit können wir uns jetzt nicht befassen.

Johannes sagte:

Ich weiß auch, wo man Muscheln finden kann.

Erneutes Schweigen.

Sind Perlen darin? fragte Otto.

Stellt euch vor, es wären Perlen darin! sagte Victoria.

Johannes antwortete, nein, das wisse er nicht; die Muscheln lägen weit draußen auf dem weißen Sand, man brauche ein Boot, und man müsse nach ihnen tauchen.

Da wurde ausgiebig über die Idee gelacht, und Otto bemerkte:

Du siehst mir auch wie ein Taucher aus.

Johannes begann, schwer zu atmen.

Wenn ihr wollt, gehe ich auf den Felsen dort und rolle einen schweren Stein hinunter ins Meer, sagte er.

Wozu das?

Nein, zu gar nichts. Aber dann könntet ihr zuschauen.

Aber auch dieser Vorschlag wurde nicht angenommen, und Johannes schwieg beschämt. Dann begann er, weit weg von den anderen, auf einer anderen Seite der Insel, Eier zu suchen.

Als die ganze Gesellschaft wieder beim Boot versammelt war, hatte Johannes viel mehr Eier als die anderen; er trug sie vorsichtig in seiner Mütze.

Wie kommt es, daß du so viele gefunden hast? fragte der Stadtherr.

Ich weiß, wo die Nester sind, antwortete Johannes glücklich. Ich lege sie zu deinen, Victoria.

Halt! schrie Otto, wozu das?

Alle sahen ihn an. Otto zeigte auf die Mütze und fragte:

Wer garantiert mir, daß die Mütze sauber ist?

Johannes sagte nichts. Sein Glück war mit einem Schlag vorbei. Dann machte er sich mit den Eiern auf den Weg zurück auf die Insel.

Was hat er? wo geht er hin? sagt Otto ungeduldig.

Wohin gehst du, Johannes? ruft Victoria und läuft ihm nach.

Er bleibt stehen und antwortet leise:

Ich lege die Eier in die Nester zurück.

Sie standen eine Weile da und sahen sich an.

Und heute nachmittag gehe ich in den Steinbruch hinauf, sagte er.

Sie antwortete nicht.

Dann könnte ich dir die Höhle zeigen.

Ja, aber ich habe solche Angst, antwortete sie. Sie ist so dunkel, hast du gesagt.

Da lächelte Johannes, trotz seines großen Kummers, und sagte mutig:

Ja, aber ich bin doch bei dir.

Er hatte seit der Kindheit in dem alten Granitbruch gespielt.

Man hatte ihn da oben reden und arbeiten gehört, obwohl er allein war; manchmal war er Pastor gewesen und hatte Gottesdienst gehalten.

Der Ort war seit langem verlassen, auf den Steinen wuchs Moos, und alle Spuren von Bohrern und Sprengkeilen waren verwischt. Das Innere der geheimen Höhle aber hatte der Müllerssohn aufgeräumt und mit großer Kunst geschmückt, und dort wohnte er als Anführer der tapfersten Räuberbande der Welt.

Er läutet mit einer Silberglocke. Ein kleines Männchen, ein Zwerg mit einer Diamantenbrosche an der Mütze, hüpft herein. Es ist der Diener. Er verbeugt sich bis zur Erde. Wenn Prinzessin Victoria kommt, führt sie herein! sagt er mit lauter Stimme. Der Zwerg verbeugt sich wieder bis zur Erde und verschwindet. Johannes rekelt sich gemächlich auf dem weichen Diwan und denkt nach. Dort würde er sie zu ihrem Sitz führen und ihr die köstlichsten Gerichte aus Silber- und Goldschüsseln reichen; ein loderndes Holzfeuer würde die Höhle erleuchten; hinter dem schweren Vorhang aus Goldbrokat am Ende der Höhle sollte ihr Lager bereitet werden, und zwölf Ritter sollten Wache stehen...

Johannes steht auf, kriecht aus der Höhle und lauscht. Unten auf dem Pfad knistern Zweige und Laub.

Victoria! ruft er.

Ja.

Er geht ihr entgegen.

Ich trau' mich fast nicht, sagt sie.

Er wiegt die Schultern und erwidert:

Ich bin eben drin gewesen. Ich komme gerade von dort.

Sie gehen in die Höhle. Er weist ihr einen Platz auf einem Stein an und sagt:

Auf diesem Stein hat der Bergriese gesessen.

Hu, rede nicht weiter, erzähl es mir nicht! Hast du keine Angst gehabt?

Nein.

Du hast gesagt, er hat nur ein Auge; das sind aber Trolle, die mit einem Auge.

Johannes überlegte.

Er hatte zwei Augen, aber auf dem einen war er blind. Das hat er selbst gesagt.

Was hat er sonst noch gesagt? Nein, sag es nicht!

Er hat gefragt, ob ich in seinen Dienst treten will.

Das wolltest du doch nicht? Um Gottes willen.

Doch, ich habe nicht nein gesagt.

Bist du bei Trost? Willst du in den Berg gesperrt werden?

Ich weiß nicht. Auf der Erde ist es ja auch nicht schön.

Pause.

Seit diese Stadtjungen da sind, gehst du nur mit ihnen, sagt er.

Wieder Pause.

Johannes läßt nicht locker:

Ich bin aber stärker und kann dich besser tragen und aus dem Boot heben als sie alle. Ich bin sicher, ich würde es schaffen, dich eine ganze Stunde lang zu tragen. Paß auf.

Er nahm sie in die Arme und hob sie hoch. Sie legte die Arme um seinen Hals.

So, nun brauchst du mich nicht mehr zu schaffen.

Er setzte sie nieder. Sie sagte:

Aber Otto ist auch stark. Und er hat sich sogar mit Erwachsenen geprügelt.

Johannes fragt zweifelnd:

Mit Erwachsenen?

Ja, hat er. In der Stadt.

Pause. Johannes denkt nach.

Na, dann ist nichts mehr zu machen, sagt er. Ich weiß, was ich tue.

Was denn?

Ich verdinge mich beim Bergriesen.

Nein, bist du bei Trost! schreit Victoria.

O doch, mir ist alles egal. Ich tu's.

Victoria denkt über einen Ausweg nach.

Aber vielleicht kommt er gar nicht wieder?

Johannes antwortet:
Er kommt.
Hierher? fragt Victoria schnell.
Ja.
Victoria steht auf und zieht sich zum Ausgang zurück.
Komm, laß uns lieber hinausgehen.
So eilig ist es nicht, sagt Johannes, der selbst blaß geworden ist. Er kommt nämlich erst in der Nacht. Zur Mitternachtsstunde.
Victoria ist beruhigt und will ihren Platz wieder einnehmen. Johannes aber fällt es schwer, das Unheimliche, das er selbst heraufbeschworen hat, zu verkraften, es wird ihm in der Höhle zu gefährlich, und er sagt:
Wenn du unbedingt hinaus willst, dann habe ich da draußen einen Stein mit deinem Namen drauf. Den kann ich dir zeigen.
Sie kriechen aus der Höhle und suchen den Stein. Victoria ist stolz und glücklich über ihn. Johannes ist gerührt, er könnte weinen und sagt:
Wenn du ihn ansiehst, mußt du hin und wieder an mich denken, wenn ich fort bin. Mir einen freundlichen Gedanken schenken.
Aber ja, antwortet Victoria. Aber du kommst doch zurück?
Oh, das weiß Gott. Nein, zurück komme ich wohl nicht.
Sie machten sich auf den Heimweg. Johannes ist den Tränen nahe.
Also, leb wohl, sagt Victoria.
Nein, ich kann dich noch ein Stück begleiten. Daß sie ihm so herzlos Lebwohl sagen kann, je früher, desto besser, macht ihn übrigens bitter, treibt die Wut in sein verwundetes Gemüt. Er bleibt jäh stehen und sagt mit gerechtem Zorn: Aber das will ich dir sagen, Victoria, du wirst keinen finden, der so lieb zu dir ist, wie ich es wäre. Laß dir das gesagt sein.
Aber Otto ist auch lieb, wendet sie ein.
Ja, ja, dann nimm ihn doch.
Sie gehen einige Schritte schweigend weiter.

Mir wird es bestens ergehen. Da brauchst du keine Angst zu haben. Du weißt nämlich noch nicht, was ich zum Lohn bekomme.

Nein. Was denn?

Das halbe Reich. Und das ist nur das eine.

Nein, wirklich, das halbe Reich!

Und dann bekomme ich die Prinzessin.

Victoria blieb stehen.

Das ist doch nicht wahr, oder?

Doch, sagte er.

Pause. Victoria murmelt vor sich hin:

Wie sie wohl aussieht?

O mein Gott, sie ist schöner als irgendein Mensch auf der Erde. Das weiß man ja seit eh und je.

Victoria muß kapitulieren.

Wirst du sie denn nehmen? fragt sie.

Ja, erwidert er, es wird wohl so kommen. Aber da Victoria wirklich bestürzt ist, fügt er hinzu: Es kann aber sein, daß ich irgendwann wiederkomme. Daß ich einen Ausflug auf die Erde mache.

Aber bring sie dann nicht mit, bat sie. Wozu solltest du sie mitbringen?

Nein, ich kann auch allein kommen.

Versprichst du mir das?

Doch, das kann ich versprechen. Aber was kümmert dich das eigentlich! Ich kann doch nicht erwarten, daß dich das kümmert.

Das darfst du nicht sagen, hörst du, erwidert Victoria. Ich bin sicher, daß sie dich nicht so lieb hat wie ich.

Ein warmer Jubel zittert durch sein junges Herz. Er hätte vor Freude und Verlegenheit über ihre Worte in der Erde versinken können. Er wagte sie nicht anzusehen, er sah weg. Dann hob er einen Zweig auf, nagte die Rinde ab und schlug sich damit auf die Hand. Schließlich begann er in seiner Verlegenheit zu pfeifen.

Na, ich gehe jetzt besser nach Hause, sagt er.

Ja, leb wohl, antwortet sie und gibt ihm die Hand.

II

Der Müllerssohn ging fort. Er war lange weg, besuchte die Schule und lernte viel, wuchs, wurde groß und stark und bekam Flaum auf der Oberlippe. Die Stadt war weit entfernt, die Reise hin und zurück teuer, der sparsame Müller ließ den Sohn viele Jahre lang im Sommer wie Winter in der Stadt bleiben. Er lernte und lernte.

Jetzt aber war er ein erwachsener Mann geworden, war achtzehn, zwanzig Jahre alt.

Da stieg er eines Nachmittags im Frühling vom Dampfschiff an Land. Auf dem Schloß war die Fahne gehißt, denn der Sohn kam mit demselben Schiff in die Ferien nach Hause; man hatte ihm einen Wagen zur Anlegebrücke geschickt. Johannes grüßte den Schloßherrn, die Schloßherrin und Victoria. Wie erwachsen und groß Victoria geworden war! Sie erwiderte seinen Gruß nicht. Er nahm die Mütze noch einmal ab und hörte, wie sie ihren Bruder fragte:

Du, Ditlef, wer grüßt mich da?

Der Bruder antwortete:

Das ist Johannes. Müllers Johannes.

Sie sah ihn wieder an, jetzt aber genierte er sich, noch öfter zu grüßen. Dann fuhr der Wagen ab.

Johannes ging nach Hause.

Du lieber Gott, wie lustig und klein das Wohnzimmer war! Er konnte nicht aufrecht durch die Tür gehen. Die Eltern empfingen ihn mit einem Willkommensschnaps. Er war sehr bewegt, alles war so rührend und vertraut, Vater und Mutter so grau und gut, sie reichten ihm nacheinander die Hand und hießen ihn willkommen.

Noch am selben Abend ging er umher und schaute alles an, war bei der Mühle, beim Steinbruch und besuchte den Angelplatz, lauschte wehmütig den vertrauten Vögeln, die schon Nester in den Bäumen bauten, und machte einen Abstecher zu dem großen Ameisenhaufen im Wald. Die Ameisen waren verschwunden, der Haufen war ausgestorben. Er stocherte drin herum; da war kein Leben mehr. Während er umherschlenderte, bemerkte er, daß der Wald des Schloßherrn stark ausgeholzt worden war.

Erkennst du alles wieder? fragte der Vater im Scherz. Bist du deinen alten Drosseln wiederbegegnet?

Alles erkenne ich nicht mehr. Der Wald ist abgeholzt.

Der Wald gehört dem Schloßherrn, antwortete der Vater. Es ist nicht unsere Sache, seine Bäume zu zählen. Jeder braucht mal Geld, und der Schloßherr braucht viel.

Die Tage kamen und gingen, milde, liebe Tage, wunderbare Stunden allein im Zimmer, mit weichen Erinnerungen an die Kindheitsjahre, zurück zu Erde und Himmel, Luft und Bergen.

Er ging den Weg zum Schloß entlang. Am Morgen hatte ihn eine Wespe gestochen, und seine Oberlippe war geschwollen; begegnete er jetzt jemandem, würde er grüßen und sofort weitergehen. Er begegnete niemandem. Im Garten des Schlosses sah er eine Dame; als er näher kam, grüßte er tief und ging vorbei. Es war die Schloßherrin. Er hatte immer noch Herzklopfen, wenn er am Schloß vorbeiging, wie in alten Zeiten. Der Respekt vor dem großen Haus, den vielen Fenstern, der strengen, feinen Person des Schloßherrn steckte noch in ihm.

Er schlug den Weg zur Anlegebrücke ein.

Da traf er plötzlich auf Ditlef und Victoria. Johannes war nicht wohl zumute; sie könnten glauben, er sei ihnen nachgegangen. Außerdem hatte er eine geschwollene Oberlippe. Er zögerte, unsicher, ob er weitergehen sollte.

Er tat es. Schon aus weiter Entfernung grüßte er, und als er vorbeiging, hielt er die Mütze in der Hand. Beide erwiderten stumm seinen Gruß und schritten langsam vorbei. Victoria sah ihn direkt an; ihr Gesicht veränderte sich ein wenig.

Johannes ging weiter zum Kai; eine Unruhe hatte ihn ergriffen, sein Gang war nervös. Wie groß Victoria geworden war, ganz erwachsen, schöner als je zuvor. Ihre Augenbrauen liefen über der Nase fast zusammen, waren wie zwei feine Samtlinien. Die Augen waren dunkler geworden, ganz dunkelblau.

Als er nach Hause ging, schlug er einen Pfad ein, der in weitem Bogen um den Schloßgarten durch den Wald führte. Keiner sollte sagen können, er laufe den Schloßkindern nach. Er kam auf einen Hügel, suchte sich einen Stein aus und setzte sich. Die Vögel machten eine wilde und leidenschaftliche Musik, lockten, suchten einander, flogen mit Zweigen im Schnabel umher. Ein süßlicher Duft von Erde, sprießendem Laub und modernden Bäumen lag in der Luft.

Er war auf Victorias Weg geführt worden, sie kam aus der entgegengesetzten Richtung direkt auf ihn zu.

Hilfloser Ärger packte ihn, er wünschte sich weit, weit fort; diesmal mußte sie natürlich glauben, er sei ihr nachgelaufen. Sollte er noch einmal grüßen? Er könnte vielleicht in eine andere Richtung schauen, außerdem hatte er diesen Wespenstich.

Aber als sie nahe genug war, stand er auf und nahm die Mütze ab. Sie lächelte und nickte.

Guten Abend. Willkommen daheim, sagte sie.

Ihre Lippen schienen wieder ein wenig zu beben; doch sie gewann ihre Ruhe rasch zurück.

Er sagte:

Es sieht wohl ein bißchen seltsam aus; aber ich wußte nicht, daß du hier bist.

Nein, das konnten Sie nicht wissen, antwortete sie. Es war ein Einfall von mir, es kam mir so in den Sinn, hierherzugehen.

Au! – er hatte du gesagt.

Wie lange werden Sie bleiben? fragte sie.

Die ganzen Ferien über.

Er antwortete ihr mit großer Anstrengung, sie war auf einmal so fern. Warum nur hatte sie ihn angesprochen?

Ditlef sagt, Sie seien so tüchtig, Johannes. Sie bekämen so gute Zeugnisse. Und dann sagt er, Sie schrieben Gedichte; ist das wahr?

Er antwortete kurz und wand sich:

Ja, natürlich. Das tun alle.

Jetzt würde sie wohl bald gehen, denn sie sagte nichts mehr.

Hat man so was schon gesehen, mich hat heute eine Wespe gestochen, sagte er und zeigte seinen Mund vor. Deshalb sehe ich so aus.

Dann sind Sie zu lange fort gewesen, die Wespen hier erkennen Sie nicht wieder.

Sie machte sich nichts draus, daß ihn eine Wespe entstellt hatte. Nun gut. Sie stand vor ihm und rollte einen roten Sonnenschirm mit Goldknöpfen am Knauf auf der Schulter hin und her, nichts anderes ging sie etwas an. Dabei hatte er das gnädige Fräulein mehr als einmal auf seinen Armen getragen.

Ich erkenne die Wespen auch nicht wieder, antwortete er; früher waren sie meine Freunde.

Doch sie verstand den tiefen Sinn nicht, sie antwortete nicht. Oh, da war aber ein tiefer Sinn.

Ich erkenne nichts wieder. Sogar der Wald ist abgeholzt.

Ein leichtes Zucken ging über ihr Gesicht.

Dann können Sie hier vielleicht nicht dichten, sagte sie. Ob Sie wohl einmal ein Gedicht an mich schreiben würden? Nein, was sage ich da! Da hören Sie, wie wenig ich davon verstehe.

Er sah zu Boden, aufgewühlt und stumm. Sie hatte die Güte, sich über ihn lustig zu machen, sprach überlegen und schaute, welche Wirkung es auf ihn hatte. Verzeihung, aber er hatte seine Zeit nicht nur mit Schreiben vergeudet, er hatte mehr studiert als die meisten ...

Nun ja, wir begegnen uns wohl wieder. Auf Wiedersehen.

Er nahm die Mütze ab und ging, ohne etwas zu antworten.

Wenn sie wüßte, daß seine Gedichte an sie und niemanden sonst gerichtet waren, allesamt, auch das Gedicht an die Nacht und das an den Moorgeist. Sie würde es nie erfahren.

Am Sonntag kam Ditlef und wollte mit ihm zur Insel. Ich soll wieder den Ruderknecht machen, dachte er. Er ging mit. An der Anlegebrücke vertrieben sich einige Leute den freien Tag, sonst war alles so ruhig, und die Sonne schien warm vom Himmel. Plötzlich waren in weiter Ferne Töne zu hören, sie kamen vom Wasser, von den Inseln draußen; das Postschiff steuerte in weitem Bogen auf die Brücke zu, an Bord war Musik.

Johannes machte das Boot los und setzte sich an die Ruder. Er war in einer seltsamen, wogenden Stimmung, dieser glitzernde Tag und die Musik auf dem Schiff webten einen Schleier aus Blumen und goldenen Ähren vor seinen Augen.

Warum kam Ditlef nicht? Er stand an Land und betrachtete die Menschen und das Schiff, als wollte er nicht weiter. Johannes dachte: ich bleibe nicht an den Rudern sitzen, ich gehe an Land. Er begann das Boot zu wenden.

Da blitzt vor seinen Augen plötzlich etwas Weißes auf, und er hört ein Klatschen im Wasser; ein verzweifelter, vielstimmiger Schrei erhob sich vom Schiff und von den Menschen an Land, und viele Hände und Augen zeigten auf die Stelle, wo das Weiße verschwunden war. Die Musik brach sofort ab.

Im gleichen Augenblick war Johannes an der Stelle. Er handelte vollkommen instinktiv, ohne Überlegung, ohne Entschluß. Er hörte nicht, daß oben auf dem Schiff die Mutter schrie: mein Mädchen, mein Mädchen!, und er sah keinen Menschen mehr. Er sprang einfach aus dem Boot und tauchte.

Einen Augenblick lang war er fort, eine Minute lang; wo

er hineingesprungen war, sah man das Wasser brodeln, und man verstand, daß er suchte. Das Jammern auf dem Schiff dauerte an.

Da tauchte er wieder auf, ein Stück weiter draußen, einige Meter von der Unglücksstelle entfernt. Man schrie ihm zu und zeigte verzweifelt: Nein, hier war es, hier!

Und er tauchte erneut.

Wieder ein qualvolles Warten, oben an Deck das ununterbrochene Wehgeschrei einer Frau und eines Mannes, die ihre Hände rangen. Noch ein Mann sprang vom Schiff ins Wasser, der Steuermann, der Jacke und Schuhe ausgezogen hatte. Er suchte genau an der Stelle, wo das Mädchen versunken war, und alle setzten ihre Hoffnung auf ihn.

Da tauchte Johannes' Kopf wieder an der Wasseroberfläche auf, noch weiter draußen als zuvor, viele Meter weiter. Er hatte die Mütze verloren, sein Kopf schimmerte in der Sonne wie der eines Seehunds. Man sah, daß er mit etwas kämpfte, er schwamm mühsam, hatte nur eine Hand frei. Einen Augenblick später hielt er etwas mit dem Mund gepackt, zwischen den Zähnen, ein großes Bündel; es war die Verunglückte. Erstaunte Schreie erreichten ihn vom Schiff und von Land, selbst der Steuermann mußte die neuen Rufe gehört haben, er streckte den Kopf in die Höhe und schaute sich um.

Endlich hatte Johannes das Boot erreicht, das abgetrieben war; er hob das Mädchen an Bord und stieg selbst hinterher; alles ging ohne Überlegung vor sich. Die Leute sahen, wie er sich über das Mädchen beugte und ihm das Kleid am Rücken buchstäblich aufriß, dann packte er die Ruder, und mit aller Kraft ging es auf das Schiff zu. Als man die Verunglückte ergriffen und an Bord gezogen hatte, wurde ein mehrfaches, jubelndes Hurra angestimmt.

Wie kamen Sie auf den Gedanken, so weit draußen zu suchen? fragte man ihn.

Er antwortete:

Ich kenne den Grund. Und außerdem herrscht hier eine Strömung. Das wußte ich.

Ein Herr drängt sich an die Schiffsseite, er ist bleich wie

der Tod, lächelt verzerrt, und in seinen Wimpern hängen Tränen.

Kommen Sie für einen Augenblick an Bord! ruft er hinunter. Ich möchte Ihnen danken. Wir sind Ihnen soviel Dank schuldig. Nur einen Augenblick.

Und der Mann stürzt wieder von der Reling fort, bleich wie der Tod.

Die Schiffstore werden geöffnet, Johannes geht an Bord.

Er blieb nicht lange, er gab nur Namen und Adresse an, eine Frau umarmte den tropfnassen Mann, der bleiche, verstörte Herr drückte ihm seine Uhr in die Hand. Johannes kam in eine Kabine, wo sich zwei Männer um die Verunglückte bemühten; sie sagten: Sie kommt zu sich, der Puls schlägt! Johannes sah die Kranke an, ein junges, blondes Mädchen in kurzem Kleid; das Kleid am Rücken war ganz aufgerissen. Dann setzte ihm ein Mann einen Hut auf den Kopf, und er wurde hinausgeführt.

Er wußte nicht genau, wie er an Land gekommen war und das Boot auf den Strand gezogen hatte. Er hörte, daß noch einmal Hurra gerufen wurde und daß die Musik festlich aufspielte, als das Schiff hinausdampfte. Eine Woge der Wollust rollte von oben bis unten kalt und süß durch ihn hindurch; er lächelte, er bewegte die Lippen.

Aus dem Ausflug wird heute also nichts, sagte Ditlef. Er sah unzufrieden aus.

Victoria war gekommen, sie trat hinzu und sagte schnell:

Nein, bist du verrückt! Er muß nach Hause und sich umziehen.

Oh, was für ein Ereignis, in seinem neunzehnten Jahr!

Johannes machte sich auf den Heimweg. Noch klangen die Musik und die lauten Hurrarufe in seinen Ohren, eine starke Bewegung trieb ihn weiter vorwärts. Er ging am Haus vorbei und schlug den Weg durch den Wald zum Granitbruch ein. Dort suchte er sich eine gute Stelle, wo die Sonne brannte. Seine Kleidung dampfte. Er setzte sich. Eine verrückte und wonnevolle Unruhe ließ ihn wieder aufstehen und umhergehen. Wie war er glücklich! Er fiel auf die Knie und dankte Gott mit heißen Tränen für diesen

Tag. Sie stand da unten, hörte die Hurrarufe; geh nach Hause und zieh dir trockene Sachen an, sagte sie.

Er setzte sich und lachte mehrmals, hingerissen von Jubel. Jawohl, sie hatte ihn dieses Werk vollbringen sehen, diese Heldentat, sie hatte stolz zugeschaut, wie er mit der Ertrunkenen zwischen den Zähnen herankam. Victoria, Victoria! Wußte sie, wie unsagbar er ihr gehörte in jeder Minute seines Lebens! Er wollte ihr Diener und Knecht sein und mit seinen Schultern ihren Weg fegen. Und er wollte ihre beiden kleinen Schuhe küssen und ihren Wagen ziehen und an kalten Tagen Holz in ihren Ofen legen. Vergoldetes Holz wollte er in den Ofen legen, Victoria.

Er sah sich um. Niemand hörte ihn, er war mit sich allein. Die kostbare Uhr hielt er noch in der Hand, sie tickte, sie ging.

Danke, danke für diesen guten Tag! Er streichelte das Moos auf den Steinen und abgefallene Zweige. Victoria hatte ihm nicht zugelächelt; nun ja, das war nicht ihre Gewohnheit. Sie stand nur auf der Brücke, ein leichter Hauch von Rot huschte über ihre Wangen. Vielleicht hätte sie die Uhr angenommen, wenn er sie ihr gegeben hätte.

Die Sonne sank, und die Wärme ließ nach. Er fühlte, daß er naß war. Dann lief er leicht wie eine Feder nach Hause.

Auf dem Schloß war Sommerfest, Gäste aus der Stadt, Tanz und Klang. Und eine Woche lang wehte die Fahne Tag und Nacht vom runden Turm.

Und es war Heu einzufahren; die Pferde aber wurden von den fröhlichen Gästen beansprucht, und das Gras blieb stehen. Und weite Wiesenstrecken waren nicht gemäht; die Knechte aber mußten Kutscher und Ruderknecht sein, und das Gras blieb stehen und wurde hart.

Und die Musik spielte und spielte im gelben Saal...

Der alte Müller hielt in diesen Tagen die Mühle an und verschloß das Haus. Er war klug geworden; es war vorgekommen, daß die lustigen Stadtmenschen in hellen Scharen gekommen waren und Schabernack mit seinen Kornsäcken getrieben hatten. Denn die Nächte waren so warm und hell, und man hatte so viele Einfälle. Der reiche Kammerherr hatte in jungen Jahren einmal mit eigener Hand einen Ameisenhaufen in einem Trog in die Mühle getragen und dort abgestellt. Jetzt war er gesetzten Alters; Otto aber, sein Sohn, kam noch zum Schloß und belustigte sich mit seltsamen Dingen. Man hörte so manches über ihn...

Hufschlag und Rufe schallten durch den Wald. Junge Menschen waren mit Pferden unterwegs, und die Schloßpferde waren blank und wild. Die Reiter kamen zum Haus des Müllers, klopften mit ihren Peitschen an und wollten hineinreiten. Die Tür war so niedrig, und doch wollten sie hineinreiten.

Hallo, hallo, riefen sie. Wir wollten euch guten Tag sagen.

Der Müller lachte demütig über diesen Einfall.

Dann stiegen sie ab, banden die Pferde an und ließen die Mühle laufen.

Der Trichter ist leer, schrie der Müller. Ihr macht die Mühle kaputt.

Aber niemand hörte ihn in dem brausenden Lärm.

Johannes! schrie der Müller aus voller Lunge zum Steinbruch hinauf.

Johannes kam.

Sie mahlen mir die Mühlsteine kaputt, schrie der Vater und gestikulierte.

Johannes ging langsam auf die Gesellschaft zu. Er war schrecklich bleich, und die Adern an seinen Schläfen schwollen. Er erkannte Otto, den Sohn des Kammerherrn, der Kadettenuniform trug; außer ihm waren zwei andere dabei. Einer lächelte und grüßte, um es wiedergutzumachen.

Johannes schrie nicht, winkte nicht, sondern ging geradewegs auf Otto zu. In diesem Augenblick sieht er zwei Reiterinnen aus dem Wald nachkommen, eine war Victoria. Sie trug ein grünes Reitkleid und ritt die weiße Stute vom Schloß. Sie steigt nicht ab, sondern bleibt sitzen und sieht alle mit fragenden Augen an.

Da ändert Johannes seinen Weg, biegt ab, steigt auf den

Damm und öffnet die Schleuse; der Lärm wird allmählich weniger, die Mühle steht still.

Otto rief:

Nein, laß sie laufen. Warum tust du das? Laß die Mühle laufen, sage ich.

Hast du die Mühle in Gang gesetzt? fragte Victoria.

Ja, erwidert er lachend. Warum steht sie still? Warum soll sie nicht laufen?

Weil sie leer ist, antwortete Johannes atemlos und sah ihn an. Verstehen Sie? Die Mühle ist leer.

Sie ist doch leer, hörst du, sagte auch Victoria.

Kann ich das wissen? fragte Otto und lachte. Warum ist sie leer, frage ich? Ist kein Korn drin?

Steig wieder auf! unterbrach ihn einer seiner Kameraden, um der Sache ein Ende zu machen.

Sie setzten sich auf die Pferde. Einer von ihnen entschuldigte sich, ehe er losritt.

Victoria war die letzte. Als sie ein kleines Stück geritten war, wendete sie das Pferd und kam zurück.

Seien Sie so gut und bitten Sie Ihren Vater um Entschuldigung, sagte sie.

Es wäre passender gewesen, wenn der Kadett es selbst getan hätte, erwiderte Johannes.

Ja, schon. Natürlich; aber. Er hat so viele Ideen... Ich habe Sie so lange nicht gesehen, Johannes.

Er sah zu ihr auf, lauschte, ob er richtig gehört habe. Hatte sie den letzten Sonntag vergessen, seinen großen Tag! Er antwortete:

Ich habe Sie Sonntag auf der Brücke gesehen.

Ja, ja, sagte sie sofort. Welch ein Glück, daß Sie dem Steuermann bei der Suche helfen konnten. Ihr habt das Mädchen doch gefunden?

Er antwortete kurz und gekränkt:

Ja. Wir haben das Mädchen gefunden.

Oder war es so, fuhr sie fort, als fiele ihr etwas ein, war es so, daß Sie allein... Na ja, egal. Gut, dann hoffe ich, Sie richten es Ihrem Vater aus. Gute Nacht.

Sie nickte lächelnd, nahm die Zügel und ritt fort.

Als Victoria außer Sichtweite war, ging Johannes hinter ihr her in den Wald, bitter und unruhig. Er fand Victoria ganz allein an einem Baum stehen. Sie lehnte sich dagegen und schluchzte.

War sie vom Pferd gefallen? Hatte sie sich verletzt?

Er ging zu ihr und fragte:

Ist Ihnen etwas zugestoßen?

Sie trat einen Schritt auf ihn zu, breitete die Arme aus und sah ihn strahlend an. Dann blieb sie stehen, ließ die Arme sinken und antwortete:

Nein, mir ist nichts zugestoßen; ich bin abgestiegen und habe die Stute vorausgehen lassen... Johannes, Sie dürfen mich nicht so ansehen. Sie haben am Teich gestanden und mich angesehen. Was wollen Sie?

Er stammelte:

Was ich will? Ich verstehe nicht...

Sie sind hier so breit, sagte sie und legte plötzlich ihre Hand auf die seine. Sie sind so breit hier, am Handgelenk. Und Sie sind ganz braun von der Sonne, nußbraun...

Er machte eine Bewegung, wollte ihre Hand nehmen. Da raffte sie ihr Kleid zusammen und sagte:

Nein, es ist mir nichts zugestoßen. Ich wollte nur zu Fuß nach Hause gehen. Gute Nacht.

III

Johannes fuhr zurück in die Stadt. Und es vergingen Jahre, eine lange, bewegte Zeit voller Arbeit und Träume, Studien und Verse. Er war gut vorangekommen, es war ihm gelungen, ein Gedicht über Esther zu schreiben, »ein Judenmädchen, das Königin von Persien wurde«, eine Arbeit, die gedruckt wurde und für die er Geld bekam. Ein anderes Gedicht, »Irrweg der Liebe«, das Munken Vendt in den Mund gelegt war, machte seinen Namen bekannt.

Ja, was war die Liebe? Ein Wind, der in den Rosen rauscht, nein, ein gelbes Meeresleuchten im Blut. Die Liebe war eine höllenheiße Musik, die noch die Herzen von Greisen tanzen läßt. Sie war wie die Margerite, die sich der anbrechenden Nacht weit öffnet, und sie war wie die Anemone, die sich vor einem Hauch verschließt und stirbt, wenn sie berührt wird.

So war die Liebe.

Sie konnte einen Mann ruinieren, wieder aufrichten und erneut brandmarken; heute konnte sie mich, morgen dich und morgen nacht ihn lieben, so unbeständig war sie. Sie konnte aber auch fest sein wie ein unaufbrechbares Siegel und unauslöschlich brennen bis zur Stunde des Todes, so ewig war sie. Wie war also die Liebe?

Oh, die Liebe ist eine Sommernacht mit Sternen am Himmel und Duft auf der Erde. Warum aber läßt sie den Jüngling verborgene Wege gehen und den Greis in seiner einsamen Kammer sich auf die Zehenspitzen stellen? Ach, die Liebe läßt das Menschenherz zum Pilzgarten werden, einem üppigen und unverschämten Garten, in dem geheimnisvolle und freche Pilze stehen.

Läßt sie nicht den Mönch in verschlossene Gärten schleichen und bei Nacht das Ohr an die Fenster der Schlafenden legen? Und schlägt sie nicht die Nonne mit Torheit und verdunkelt den Verstand der Prinzessin? Dem König drückt sie den Kopf zu Boden, daß er mit seinem Haar den Staub auffegt, und unterdessen flüstert er schamlose Worte bei sich selbst und lacht und streckt die Zunge heraus.

So war die Liebe.

Nein, nein, sie war wieder ganz anders, sie war wie nichts anderes in der ganzen Welt. Sie kam in einer Frühlingsnacht zur Erde, als ein Jüngling zwei Augen sah, zwei Augen. Er starrte hin und sah. Er küßte einen Mund, da war es, als begegneten sich zwei Lichter in seinem Herzen, eine Sonne, die Blitze zu einem Stern sandte. Er stürzte in eine Umarmung, da hörte und sah er nichts mehr in der ganzen Welt.

Die Liebe ist Gottes erstes Wort, der erste Gedanke, der durch sein Gehirn flog. Als er sagte: Es werde Licht!, da wurde die Liebe. Und alles, was er erschaffen hatte, war so gut, und er wollte nichts davon ungetan wissen. Und die Liebe war der Anfang der Welt und die Herrscherin der Welt; all ihre Wege aber sind voller Blumen und Blut, Blumen und Blut.

Ein Septembertag.

Diese abgelegene Straße war sein Spazierweg, er ging in ihr umher wie in seinem Zimmer, weil er nie jemandem begegnete, und hinter beiden Gehsteigen waren Gärten, in denen Bäume mit rotem und gelbem Laub standen.

Was macht Victoria hier? Wie kommt es nur, daß ihr Weg sie hierher führt? Er irrte sich nicht, sie war es, und vielleicht war sie es auch gewesen, die gestern abend hier vorbeigegangen war, als er aus seinem Fenster geschaut hatte.

Sein Herz klopfte. Er wußte, daß Victoria in der Stadt war, er hatte es gehört; doch sie verkehrte in Kreisen, in die der Müllerssohn nicht kam. Auch mit Ditlef hatte er keinen Umgang.

Er nahm sich zusammen und ging auf die Dame zu. Erkannte sie ihn nicht? Sie ging ernst und nachdenklich ihren Weg, den Kopf stolz auf dem schlanken Hals.

Er grüßte.

Guten Tag, antwortete sie ganz leise.

Sie machte nicht Miene stehenzubleiben, und er ging schweigend vorbei. In seinen Beinen war ein Zucken. Am Ende der kleinen Straße kehrte er um, wie es seine Gewohnheit war. Ich richte den Blick auf den Gehweg und sehe nicht auf, dachte er. Erst nach zehn Schritten sah er auf.

Sie war an einem Fenster stehengeblieben.

Sollte er sich fortstehlen, in die nächste Straße? Weshalb stand sie da? Es war ein armes Fenster, ein kleines Ladenfenster, in dem über Kreuz ein paar Stangen roter Seife, Haferflocken in einem Glas und ein paar gebrauchte Briefmarken ausgelegt waren.

Vielleicht, wenn er ein paar Schritte weiterging und dann umkehrte.

Da sah sie ihn an, und plötzlich kommt sie wieder auf ihn zu. Sie ging schnell, als hätte sie sich ein Herz gefaßt, und als sie sprach, fiel es ihr schwer, Atem zu holen. Sie lächelte nervös.

Guten Tag. Wie nett, Sie zu treffen.

Mein Gott, wie sein Herz arbeitete; es schlug nicht, es zitterte. Er wollte etwas sagen, es ging nicht, nur seine Lippen bewegten sich. Ein Duft ging von ihren Kleidern, von ihrem gelben Rock aus, oder vielleicht kam er von ihrem Mund. Er hatte in diesem Augenblick keinen Eindruck von ihrem Gesicht; ihre schmalen Schultern aber erkannte er wieder und sah ihre lange, schmale Hand auf dem Griff des Sonnenschirms. Es war die rechte Hand. Sie trug einen Ring.

In den ersten Sekunden dachte er nicht darüber nach und

hatte nicht das Gefühl von Unglück. Ihre Hand aber war wunderschön.

Ich bin schon seit einer Woche in der Stadt, fuhr sie fort; habe Sie aber nicht gesehen. Doch, einmal auf der Straße; irgend jemand sagte, Sie seien es. Sie sind so groß geworden.

Er murmelte:

Ich wußte, daß Sie in der Stadt sind. Bleiben Sie lange?

Ein paar Tage. Nein, nicht lange. Ich muß wieder nach Hause.

Ich danke Ihnen, daß ich Ihnen guten Tag sagen durfte, sagte er.

Pause.

Ach, übrigens, ich habe mich wohl verlaufen, begann sie wieder. Ich wohne beim Kammerherrn; in welcher Richtung ist das?

Ich begleite Sie, wenn ich darf.

Sie gingen.

Ist Otto zu Hause? fragte er, um etwas zu sagen.

Ja, antwortete sie kurz.

Ein paar Männer kamen aus einem Tor, sie trugen ein Klavier und versperrten den Gehsteig. Victoria wich nach links aus, lehnte sich mit ihrer ganzen Seite an ihren Begleiter. Johannes schaute sie an.

Verzeihung, sagte sie.

Eine Wollust durchfuhr ihn bei dieser Berührung, ihr Atem traf ihn für einen Augenblick direkt auf der Wange.

Ich sehe, Sie tragen einen Ring, sagte er. Und er lächelte und sah gleichgültig aus. Darf man gratulieren?

Was würde sie antworten? Er sah sie nicht an, hielt aber den Atem an.

Und Sie? antwortete sie, haben Sie nicht auch einen? Nun, also nicht. Irgend jemand hat doch erzählt... Man hört heutzutage so viel über Sie, es steht in den Zeitungen.

Ich habe ein paar Gedichte geschrieben, antwortete er. Aber Sie haben sie vermutlich nicht gesehen.

War es nicht ein ganzes Buch? Ich meine...

Doch, da war auch ein kleines Buch.

Sie kamen an einen Platz, sie hatte keine Eile, obwohl sie zum Kammerherrn wollte, sie setzte sich auf eine Bank. Er stand vor ihr.

Da reichte sie ihm plötzlich die Hand und sagte:

Setzen Sie sich doch auch.

Und erst, als er sich gesetzt hatte, ließ sie seine Hand wieder los.

Jetzt oder nie! dachte er. Er versuchte wieder einen scherzhaften und gleichgültigen Ton anzuschlagen, lächelte, blickte in die Luft. Gut.

So, so, Sie sind verlobt und wollen es mir nicht sagen. Wo ich doch zu Hause Ihr Nachbar bin.

Sie dachte nach.

Darüber wollte ich heute eigentlich nicht mit Ihnen sprechen, antwortete sie.

Er wurde plötzlich ernst und sagte leise:

Ja, ja, verstanden habe ich es trotzdem.

Pause.

Er begann erneut:

Ich habe natürlich immer gewußt, daß es mir nichts nützen würde ... ja, daß ich nicht derjenige sein würde, der ... Ich war nur der Müllerssohn, und Sie ... Natürlich ist es so. Und ich begreife nicht einmal, daß ich es jetzt wage, hier neben Ihnen zu sitzen und es anzudeuten. Denn ich müßte vor Ihnen stehen, oder ich müßte dort liegen, auf den Knien. Das wäre richtig. Aber es ist, als ob ... Und die vielen Jahre, die ich fort war, haben auch das ihre getan. Es ist, als ob ich jetzt mehr wagte. Denn ich weiß ja, daß ich kein Kind mehr bin, und ich weiß auch, daß Sie mich nicht ins Gefängnis werfen könnten, wenn Sie wollten. Deshalb wage ich es zu sagen. Aber Sie dürfen deswegen nicht böse auf mich sein; lieber will ich schweigen.

Nein, reden Sie. Sagen Sie, was Sie wollen.

Darf ich das? Sagen, was ich will? Dann dürfte mir aber auch Ihr Ring nichts verbieten.

Nein, antwortete sie leise, der verbietet Ihnen nichts. Nein.

Wie? Ja, aber was heißt das? Gott segne Sie, Victoria, irre

ich mich nicht? Er sprang auf und beugte sich vor, um ihr ins Gesicht zu sehen. Ich meine, bedeutet der Ring nichts?

Setzen Sie sich wieder hin.

Er setzte sich.

Oh, wenn Sie wüßten, wie sehr ich an Sie gedacht habe; Herrgott, daß je ein anderer kleiner Gedanke in meinem Herzen war! So viele Menschen, die ich sah, und so viele, von denen ich wußte, es gab keine anderen Menschen in der Welt als Sie. Ich war nicht imstande, anders zu denken: Victoria ist die schönste und herrlichste, und sie kenne ich! *Fräulein* Victoria, habe ich immer gedacht. Nicht, daß ich nicht sehr gut verstanden hätte, daß niemand Ihnen ferner war als ich; aber ich wußte von Ihnen – ja, das war für mich gar nicht so wenig – und daß Sie dort lebten und sich vielleicht manchmal an mich erinnerten. Natürlich haben Sie sich nicht an mich erinnert; aber ich habe an manchem Abend auf meinem Stuhl gesessen und gedacht, Sie würden sich vielleicht manchmal an mich erinnern. Wissen Sie, Fräulein Victoria, dann öffnete sich mir gleichsam der Himmel, und dann schrieb ich Gedichte an Sie und kaufte Ihnen Blumen für alles Geld, das ich hatte, und ging nach Hause und stellte sie in ein Glas. Alle meine Gedichte sind an Sie, nur einige wenige nicht, und die sind nicht gedruckt. Aber Sie haben wahrscheinlich auch die nicht gelesen, die gedruckt sind. Jetzt habe ich mit einem großen Buch angefangen. O Gott, wie dankbar ich Ihnen bin, denn ich bin so erfüllt von Ihnen, und das ist meine ganze Freude. Ständig habe ich etwas gehört oder gesehen, das mich an Sie erinnerte, den ganzen Tag und auch in den Nächten. Ich habe Ihren Namen an die Zimmerdecke geschrieben, den schaue ich an, wenn ich da liege; das Mädchen, das bei mir aufräumt, sieht ihn nicht, ich habe ihn ganz klein geschrieben, um ihn für mich zu haben. Das ist eine gewisse Freude für mich.

Sie wandte sich ab, öffnete ihr Kleid an der Brust und nahm ein Papier heraus.

Sehen Sie hier! sagte sie schwer atmend. Ich habe es ausgeschnitten und aufbewahrt. Sie sollen es ruhig wissen, ich lese es an den Abenden. Zuerst hat Papa es mir gezeigt, und ich ging ans Fenster und las es. Wo denn? ich finde es nicht, sagte ich und drehte die Zeitung um. Aber da las ich es schon und war so froh.

Das Papier strömte einen Duft von ihrer Brust aus; sie faltete es selbst auseinander und zeigte es ihm, es war eines seiner ersten Gedichte, vier kurze Verse an sie, die Reiterin auf dem weißen Pferd. Es war das naive und heftige Bekenntnis eines Herzens, ein Ausbruch, der nicht zurückzuhalten war, der aus den Zeilen sprang wie Sterne, die zu leuchten beginnen.

Ja, sagte er, das habe ich geschrieben. Es ist lange her, in einer Nacht, als die Pappeln vor meinem Fenster rauschten, da habe ich es geschrieben. Bewahren Sie es wirklich auf? Danke! Sie haben es aufbewahrt. Oh! stieß er bewegt aus, und seine Stimme war ganz leise, zu denken, daß Sie mir so nahe sind. Ich fühle Ihren Arm an meinem, Wärme geht von Ihnen aus. Oft, wenn ich allein war und an Sie dachte, fror ich vor Bewegung; jetzt aber ist mir warm. Als ich das letztemal zu Hause war, waren Sie schön; aber jetzt sind Sie schöner. Die Augen und die Augenbrauen, Ihr Lächeln, – nein, ich weiß nicht, was ich sage, alles, alles an Ihnen.

Sie lächelte und sah ihn mit halbgeschlossenen Augen an, die dunkelblau unter den langen Wimpern schimmerten. Ein warmer Glanz ging von ihr aus. Sie schien ein Opfer höchster Freude zu sein und streckte mit einer unbewußten Bewegung die Hand nach ihm aus.

Danke! sagte sie.

Nein, Victoria, danken Sie mir nicht, antwortete er. Seine ganze Seele strömte ihr zu, und er wollte mehr, viel mehr sagen; es war nur ein verwirrtes Stammeln, er war wie berauscht. Ja, aber, Victoria, wenn Sie mich ein wenig liebhaben... ich weiß es nicht, aber sagen Sie, daß es so ist, auch wenn es nicht stimmt. Bitte! Oh, ich würde Ihnen versprechen, daß etwas aus mir wird, viel, unerhört viel fast. Sie ahnen nicht, was aus mir werden könnte; ich sinne manchmal darüber nach und weiß, daß ich voll bin von ungetanen Taten. Oft strömt es aus mir heraus, nachts stehe ich in meinem Zimmer und wippe auf den Zehenspitzen, weil ich so voller Visionen bin. Nebenan liegt ein Mann, er kann nicht schlafen, er klopft an die Wand. Bei Morgengrauen kommt er wütend herein. Es spielt keine Rolle, er ist mir gleichgültig; denn dann habe ich so lange an Sie gedacht, daß ich das Gefühl habe, Sie seien bei mir. Ich gehe ans Fenster und singe, es beginnt, ein wenig hell zu werden, draußen rauschen die Pappeln. Gute Nacht! sage ich dem Tag entgegen. Das geht an Sie. Jetzt schläft sie, denke ich, gute Nacht, Gott segne sie! Dann lege ich mich hin. So geht es Abend für Abend. Aber nie hätte ich gedacht, daß Sie so schön sind, Victoria. So will ich Sie in Erinnerung behalten, wenn Sie abreisen; so, wie Sie jetzt sind. Ich werde mich so deutlich an Sie erinnern...

Kommen Sie nicht nach Hause?

Nein. Ich bin nicht fertig. Doch, ich komme. Ich reise jetzt. Ich bin nicht fertig, aber ich will alles mögliche tun. Sind Sie manchmal im Garten? Gehen Sie abends manchmal aus dem Haus, Victoria? Dann könnte ich Sie sehen, Ihnen vielleicht guten Tag sagen, nur das. Aber wenn Sie mich ein wenig liebhaben, wenn Sie mich ertragen, aushalten können, dann sagen Sie... machen Sie mir die Freude... es gibt eine Palme, wissen Sie, die in ihrem Leben nur einmal blüht, und trotzdem wird sie siebzig Jahre alt. Die Talipotpalme. Aber sie blüht nur einmal. Jetzt blühe ich. Doch, ich werde mir Geld besorgen und nach Hause fahren. Ich verkaufe, was ich geschrieben habe; ich schreibe nämlich an einem großen Buch, und das verkaufe ich jetzt, gleich morgen, alles, was ich fertig habe. Ich bekomme eine Menge Geld dafür. Wollen Sie denn, daß ich nach Hause komme?

Ja.

Danke, danke! Verzeihen Sie, wenn ich zu viel hoffe, zu viel glaube, es ist so schön, ungewöhnlich viel zu glauben. Dies ist der glücklichste Tag meines Lebens...

Er nahm den Hut ab und legte ihn neben sich.

Victoria sah sich um, eine Dame kam die Straße entlang und weiter oben eine Frau mit einem Korb. Victoria wurde unruhig, sie griff nach ihrer Uhr.

Müssen Sie gehen? fragte er. Sagen Sie etwas, ehe Sie gehen, lassen Sie mich hören... Ich liebe Sie und sage es jetzt. Es wird von Ihrer Antwort abhängen, ob ich... Sie haben mich ganz in der Hand. Wie antworten Sie?

Pause.

Er läßt den Kopf sinken.

Nein, sagen Sie es nicht! bat er.

Nicht hier, antwortete sie. Ich sage es dort unten.

Sie gingen.

Man sagt, Sie werden die Kleine heiraten, dieses Mädchen, das Sie gerettet haben; wie heißt sie noch?

Camilla meinen Sie?

Camilla Seier. Man sagt, Sie werden sie heiraten.

Sieh an. Warum fragen Sie das? Sie ist nicht einmal erwachsen. Ich bin in ihrem Haus gewesen, es ist sehr groß und reich, ein Schloß, wie Ihres; ich bin oft dort gewesen. Nein, sie ist nicht erwachsen.

Sie ist fünfzehn. Ich habe sie getroffen, wir sind zusammen gewesen. Sie gefällt mir sehr. Und wie hübsch sie ist!

Ich werde sie nicht heiraten, sagte er.

Ach, also nicht.

Er sah sie an. Ein Zucken ging über sein Gesicht.

Aber warum sagen Sie das jetzt? Wollen Sie meine Aufmerksamkeit auf eine andere lenken?

Sie ging mit schnellen Schritten weiter und antwortete nicht. Sie waren vor dem Haus des Kammerherrn. Sie nahm seine Hand und zog ihn ins Tor, die Treppe hinauf.

Hinein gehe ich nicht, sagte er halb verwundert.

Sie drückte auf die Glocke, wandte sich zu ihm, und ihre Brust wogte.

Ich liebe Sie, sagte sie. Verstehen Sie? Sie sind der Mann, den ich liebe.

Plötzlich zog sie ihn eilig die Treppe wieder hinunter, drei, vier Stufen, schlang die Arme um ihn und küßte ihn. Sie bebte ihm zu.

Sie sind der Mann, den ich liebe, sagte sie noch einmal, atemlos und mit ganz berauschten Augen.

Oben wurde die Haustür geöffnet. Sie riß sich los und eilte die Treppe hinauf.

IV

Der Morgen naht, der Tag graut, ein bläulich bebender Septembertag.

Im Garten rauschen mild die Pappeln. Ein Fenster wird geöffnet, ein Mann lehnt sich hinaus und summt. Er trägt keine Jacke, er blickt in die Welt hinaus wie ein unbekleideter Tollkopf, der sich heute nacht am Glück berauscht hat.

Er wendet sich plötzlich vom Fenster ab und blickt zur Tür; jemand hat angeklopft. Er ruft: Ja! Ein Mann tritt ein.

Guten Morgen! sagt er zu dem Eintretenden.

Es ist ein älterer Mann, er ist bleich und wütend, er hält eine Lampe in der Hand, denn es ist noch nicht ganz hell.

Ich möchte noch einmal zu bedenken geben, Herr Møller, Herr Johannes Møller, ob Sie der Meinung sind, daß so was angeht, stottert der Mann verbittert.

Nein, erwidert Johannes, Sie haben recht. Ich habe etwas geschrieben, die Einfälle kamen ganz von selbst, schauen Sie, all das habe ich geschrieben, heute nacht habe ich Glück gehabt. Aber jetzt bin ich fertig. Ich habe das Fenster aufgemacht und ein bißchen gesungen.

Gebrüllt haben Sie, sagt der Mann. Es war der lauteste Gesang, den ich je gehört habe, verstehen Sie. Und es ist noch mitten in der Nacht.

Johannes greift in seine Papiere auf dem Tisch, nimmt eine Handvoll großer und kleiner Blätter.

Sehen Sie! ruft er. Ich sage Ihnen, es ist noch nie so gut

gegangen. Wie ein langer Blitz war es. Ich habe einmal einen Blitz gesehen, der an einer Telegraphenleitung entlangfuhr, großer Gott, es sah aus wie ein Laken aus Feuer. Ein solches Strömen war heute nacht in mir. Was soll ich tun? Ich glaube, Sie haben nichts mehr gegen mich, wenn Sie hören, wie es zusammenhängt. Ich habe hier gesessen und geschrieben, hören Sie, ich habe mich nicht gerührt; ich habe an Sie gedacht und war still. Dann kommt der Augenblick, wo ich nicht mehr daran denke, meine Brust will zerspringen, vielleicht bin ich dann aufgestanden, vielleicht bin ich im Laufe der Nacht noch einmal aufgestanden und ein paarmal hin und her gegangen. Ich war so froh.

Heute nacht habe ich nicht viel von Ihnen gehört, sagt der Mann. Aber es ist unverzeihlich von Ihnen, jetzt, zu dieser Tageszeit, das Fenster zu öffnen und derart zu schreien.

Gut, ja, es ist unverzeihlich. Aber jetzt habe ich es Ihnen erklärt. Ich habe eine einmalige Nacht gehabt, müssen Sie wissen. Gestern habe ich etwas erlebt. Ich gehe die Straße entlang und begegne meinem Glück, hören Sie, meinem Stern und meinem Glück. Stellen Sie sich vor, und dann küßt sie mich. Ihr Mund war so rot, und ich liebe sie, sie küßt mich und berauscht mich. Hat Ihr Mund schon einmal so gezittert, daß Sie nicht sprechen konnten? Ich konnte nicht sprechen, mein Herz erschütterte meinen ganzen Körper. Ich lief nach Hause und fiel in Schlaf; ich saß hier auf diesem Stuhl und schlief. Als es Abend wurde, wachte ich auf. Meine Seele wiegte sich in mir vor Stimmung, und ich begann zu schreiben. Was ich schrieb? Hier ist es! Ein seltsamer, herrlicher Gedankengang beherrschte mich, die Himmel öffneten sich, es war wie ein warmer Sommertag für meine Seele, ein Engel gab mir Wein, ich trank, es war berauschender Wein, ich trank ihn aus einer Granatschale. Ob ich hörte, daß die Uhr schlug? Ob ich sah, daß die Lampe herunterbrannte? Gott gebe, daß Sie es verstehen können. Ich erlebte alles noch einmal, ging wieder mit meiner Geliebten die Straße entlang, und alle drehten sich nach ihr um. Wir gingen in den Park, begegneten dem König, vor Freude zog ich den Hut vor ihm bis zur Erde, und der König drehte sich nach ihr um, nach meiner Geliebten, denn sie ist so groß und schön. Wir gingen zurück in die Stadt, und alle Schulkinder drehten sich nach ihr um, denn sie ist jung und trägt ein helles Kleid. Als wir zu einem roten, steinernen Haus kamen, gingen wir hinein. Ich begleitete sie die Treppe hinauf und wollte vor ihr niederknien. Da umarmte sie mich und küßte mich. Es geschah mir gestern abend, länger ist es nicht her. Und wenn Sie mich fragen, was ich geschrieben habe, es ist ein einziger unablässiger Gesang an die Freude, an das Glück, das habe ich geschrieben. Es war, als läge das Glück nackt vor mir mit einem langen, lächelnden Nacken und wollte zu mir.

Ich habe wirklich keine Lust mehr, mit Ihnen zu reden, sagt der Mann ärgerlich und resigniert. Es ist das letzte Mal, daß ich mit Ihnen gesprochen habe.

Johannes hält ihn an der Tür zurück.

Warten Sie. Sie hätten wirklich sehen sollen, daß die Sonne gleichsam in Ihr Gesicht kam. Ich habe es gesehen, gerade eben, als Sie sich umdrehten, es war die Lampe, sie warf einen Sonnenflecken auf Ihre Stirn. Sie waren nicht mehr so verbittert, ich habe es gesehen. Gut, ich habe das Fenster geöffnet, ich habe zu laut gesungen. Ich war aller Menschen froher Bruder. So geht es manchmal, der Verstand stirbt. Ich hätte daran denken sollen, daß Sie noch schlafen ...

Die ganze Stadt schläft noch.

Ja, es ist früh. Ich will Ihnen ein Geschenk machen. Wollen Sie dies annehmen? Es ist aus Silber, ich habe es geschenkt bekommen. Ein kleines Mädchen, das ich einmal gerettet habe, hat es mir verehrt. Bitte! Es faßt zwanzig Zigaretten. Sie wollen es nicht annehmen? Ach, Sie rauchen nicht, das sollten Sie aber anfangen. Darf ich morgen zu Ihnen kommen, um mich zu entschuldigen? Ich würde gern etwas tun, würde Sie gern um Verzeihung bitten ...

Gute Nacht.

Gute Nacht. Ich lege mich jetzt hin. Ich verspreche es

Ihnen. Sie werden hier keinen Laut mehr hören. Und in Zukunft nehme ich mich mehr in acht.

Der Mann ging.

Johannes öffnete plötzlich noch einmal die Tür und fügte hinzu:

Was ich noch sagen wollte, ich verreise. Ich werde Sie nicht mehr stören, ich fahre morgen. Ich habe vergessen, es zu sagen.

Er fuhr nicht. Verschiedene Dinge hielten ihn auf, er hatte dies und das zu erledigen, etwas einzukaufen, etwas zu bezahlen, es wurde Morgen und Abend. Er irrte umher wie von Sinnen.

Schließlich klingelte er beim Kammerherrn. War Victoria zu Hause?

Victoria machte Besorgungen.

Er erklärt, sie seien aus demselben Ort, Fräulein Victoria und er, er hätte sie nur kurz sprechen wollen, wenn sie dagewesen wäre, hätte sich erlaubt, kurz mit ihr zu sprechen. Er hätte ihr eine Nachricht für zu Hause mitgeben wollen. Gut.

Dann ging er in die Stadt. Vielleicht begegnete er ihr, entdeckte sie, vielleicht saß sie in einem Wagen. Er lief umher bis zum Abend. Vor dem Theater sah er sie, er grüßte, lächelte und grüßte, und sie erwiderte seinen Gruß. Er wollte zu ihr gehen, es waren nur wenige Schritte, – da sieht er, daß sie nicht allein ist, Otto ist bei ihr, der Sohn des Kammerherrn. Er trug eine Leutnantsuniform.

Johannes dachte: Sie gibt mir vielleicht einen Wink, ein kleines Zeichen mit den Augen? Sie ging eilig ins Theater, rot, mit gesenktem Kopf, als ob sie sich verstecken wollte.

Vielleicht konnte er sie dort drinnen sehen. Er kaufte eine Karte und ging hinein.

Er kannte die Loge des Kammerherrn, ja, ja, diese reichen Leute hatten Logen. Dort saß sie in ihrer ganzen Herrlichkeit und sah sich um. Schaute sie ihn an? Kein einziges Mal!

Als der Akt zu Ende war, paßte er sie im Flur ab. Er

grüßte noch einmal; sie sah ihn ein wenig erstaunt an und nickte.

Dort drinnen bekommst du Wasser, sagte Otto und zeigte nach vorn.

Sie gingen vorbei.

Johannes sah ihnen nach. Eine seltsame Dämmerung legte sich über seine Augen. All die Menschen waren ungehalten über ihn und stießen ihn; er bat mechanisch um Entschuldigung und blieb stehen. Dort verschwand sie.

Als sie zurückkam, verbeugte er sich tief und sagte:

Verzeihung, Fräulein...

Das ist Johannes, sagte sie und stellte ihn vor. Kennst du ihn noch?

Otto antwortete und sah ihn mit zusammengekniffenen Augen an.

Sie möchten sicher wissen, wie es zu Hause geht? fuhr sie fort, und ihr Gesicht war schön und ruhig. Ich weiß es wirklich nicht, aber es geht sicher gut. Ausgezeichnet. Ich werde Grüße in der Mühle ausrichten.

Danke. Fahren Sie bald?

In den nächsten Tagen. Doch, ich werde Grüße bestellen.

Sie nickte und ging.

Johannes schaute ihr wieder nach, bis sie verschwunden war, dann ging er hinaus. Ein ewiges Wandern, ein schwerer und trauriger Gang Straße auf und Straße ab, das schlug die Zeit tot. Um zehn Uhr stand er vor dem Haus des Kammerherrn und wartete. Jetzt schlossen die Theater, jetzt kam sie. Vielleicht konnte er die Wagentür öffnen, den Hut abnehmen, die Wagentür öffnen und sich bis zur Erde verbeugen!

Endlich, eine halbe Stunde später, kam sie. Ob er dort am Tor stehenbleiben und sich erneut in Erinnerung bringen konnte? Er lief die Straße hinauf und sah sich nicht um. Er hörte, daß beim Kammerherrn das Tor geöffnet wurde, daß der Wagen hineinfuhr, das Tor wieder zugeschlagen wurde. Da kehrte er um.

Jetzt ging er eine Stunde lang vor dem Haus auf und ab.

Er wartete auf niemanden und hatte hier nichts zu tun. Plötzlich wird das Tor von innen geöffnet, und Victoria tritt wieder auf die Straße. Sie hat keinen Hut aufgesetzt und hat sich nur einen Schal um die Schultern geworfen. Sie lächelt halb ängstlich, halb verlegen und fragt als erstes:

Gehen Sie hier auf und ab und denken?

Nein, erwidert er. Denken? Ich gehe nur auf und ab.

Ich sah Sie hier draußen auf und ab gehen, und da wollte ich... Ich sah Sie von meinem Fenster aus. Ich muß gleich wieder hinein.

Danke, daß Sie gekommen sind, Victoria. Gerade war ich noch so verzweifelt, und jetzt ist es vorbei. Verzeihen Sie, daß ich Sie im Theater gegrüßt habe; leider habe ich auch hier beim Kammerherrn nach Ihnen gefragt, ich wollte Sie sehen und von Ihnen hören, was Sie denken, was Sie eigentlich meinen.

Ja, sagte sie, das wissen Sie ja. Ich habe vorgestern so viel gesagt, das konnten Sie nicht mißverstehen.

Mir ist immer noch alles unklar.

Sprechen wir nicht mehr darüber. Ich habe genug gesagt, habe viel zuviel gesagt, und jetzt tue ich Ihnen weh. Ich liebe Sie, ich habe vorgestern nicht gelogen und lüge auch jetzt nicht; aber es gibt so viel, das uns trennt. Ich mag Sie sehr, spreche gern mit Ihnen, lieber als mit irgendeinem anderen, aber... Nein, ich wage nicht, hier noch länger zu stehen, man kann uns von den Fenstern aus sehen. Johannes, es gibt so viele Gründe, die Sie nicht kennen, Sie dürfen mich nicht mehr darum bitten zu sagen, was ich meine. Ich habe Tag und Nacht darüber nachgedacht; ich meine, was ich gesagt habe. Aber es ist unmöglich.

Was ist unmöglich?

Alles. Das Ganze. Hören Sie, Johannes, ersparen Sie es mir, stolz für uns beide zu sein.

Ja. Gut. Das soll Ihnen erspart bleiben! Dann haben Sie mich also vorgestern zum Narren gehalten. Es ergab sich so, daß Sie mich auf der Straße trafen, und Sie waren in guter Stimmung, und dann...

Sie drehte sich um und wollte hineingehen.

Habe ich etwas Falsches getan? fragte er. Sein Gesicht war bleich und unkenntlich. Ich meine, habe ich sie verspielt, Ihre...? Habe ich in diesen zwei Tagen und zwei Nächten etwas verbrochen?

Nein, das ist es nicht. Ich habe nur noch einmal darüber nachgedacht; Sie nicht auch? Wissen Sie, es ist immer unmöglich gewesen. Ich mag Sie, halte viel von Ihnen...

Und achte Sie.

Sie sieht ihn an, sein Lächeln kränkt sie, und sie fährt heftiger fort:

Mein Gott, verstehen Sie nicht selbst, daß Papa es Ihnen verwehren würde? Warum zwingen Sie mich, es zu sagen? Sie verstehen es selbst. Wozu hätte es geführt? Habe ich nicht recht?

Pause.

Doch, erwidert er.

Außerdem, fährt sie fort, es gibt so viele Gründe... Nein, Sie dürfen mir wirklich nicht mehr ins Theater nachgehen. Sie haben mir angst gemacht. Tun Sie es nicht wieder.

Nein, sagt er.

Sie nimmt seine Hand.

Wollen Sie nicht irgendwann nach Hause kommen? Ich würde mich sehr darauf freuen. Wie warm Ihre Hand ist; mir ist kalt. Nein, nun muß ich gehen. Gute Nacht.

Gute Nacht, antwortet er.

Die Straße führte kalt und grau zur Stadt hinauf, sie sah aus wie ein Gürtel aus Sand, ein ewig weiter Weg. Er begegnete einem Jungen, der alte, welke Rosen verkaufte; er rief ihn herbei, nahm eine Rose, gab dem Jungen ein winzig kleines Fünfkronenstück in Gold, ein Geschenk, und ging weiter. Kurz darauf sah er eine Gruppe von Kindern vor einem Tor spielen. Ein Junge von zehn Jahren sitzt still dabei und schaut zu; er hat alte, blaue Augen, mit denen er das Spiel verfolgt, hohle Wangen und ein eckiges Kinn, und auf dem Kopf trägt er eine Mütze aus Leinen. Es war das Futter einer Mütze. Das Kind trug eine Perücke, sein Kopf war durch eine Haarkrankheit für immer entstellt. Seine Seele war vielleicht auch ganz welk.

All das bemerkte er, obwohl er keine klare Vorstellung davon hatte, in welcher Gegend der Stadt er sich befand oder wohin er ging. Es begann auch zu regnen, er spürte es nicht und spannte seinen Schirm nicht auf, obwohl er ihn den ganzen Tag lang mit sich herumgetragen hatte.

Als er schließlich auf einen Platz kam, wo Bänke standen, ging er hin und setzte sich. Es regnete immer mehr, er spannte unbewußt den Regenschirm auf und blieb sitzen. Nach kurzer Zeit überfiel ihn eine unüberwindliche Schläfrigkeit, sein Gehirn war im Nebel, er schloß die Augen, nickte und schlief ein.

Eine Weile später wachte er davon auf, daß ein paar Vorübergehende laut sprachen. Er stand auf und ließ sich weitertreiben. Sein Gehirn war wieder klarer, er erinnerte sich, was geschehen war, an alle Ereignisse, sogar an den Jungen, dem er fünf Kronen für eine Rose gegeben hatte. Er stellte sich die Begeisterung des kleinen Herrn vor, wenn er diese wunderbare Münze zwischen seinen Schillingen entdeckte, daß es nicht fünfundzwanzig Øre waren, sondern ein Fünfkronenstück in Gold. Geh mit Gott!

Und die anderen Kinder waren vielleicht vom Regen vertrieben worden, spielten im Torweg weiter, hüpften Paradies, spielten Murmeln. Und der entstellte Greis von zehn Jahren saß dabei und schaute zu. Wer weiß, vielleicht freute er sich über etwas, vielleicht hatte er eine Puppe in der Kammer im Hinterhof, einen Hampelmann, einen Brummkreisel. Vielleicht hatte er nicht alles im Leben verloren, und es gab eine Hoffnung in seiner welken Seele.

Eine feine, schlanke Dame taucht vor ihm auf. Er zuckt zusammen, bleibt stehen. Nein, er kannte sie nicht. Sie war aus einer Nebenstraße gekommen und eilte weiter, sie hatte keinen Schirm, obwohl der Regen strömte. Er holte sie ein, sah sie an und ging vorbei. Wie zart und jung sie war! Sie wurde naß, sie erkältete sich, und er wagte nicht, sich ihr zu nähern. Dann klappte er seinen

Schirm zusammen, damit sie nicht die einzige war, die naß wurde. Als er nach Hause kam, war es nach Mitternacht.

Ein Brief lag auf seinem Tisch, eine Karte, es war eine Einladung. Seiers würden sich freuen, ihn morgen abend bei sich zu sehen. Er würde Bekannte vorfinden, unter anderen – erriet er es? – Victoria, das Schloßfräulein. Mit freundlichem Gruß.

Er schlief auf seinem Stuhl ein. Ein paar Stunden später wachte er auf und fror. Halb wach, halb schlafend, von Kälteschauern geschüttelt, müde von den Enttäuschungen des Tages setzte er sich an den Tisch und wollte die Karte beantworten, diese Einladung, die er nicht anzunehmen gedachte.

Er schrieb seine Antwort und wollte sie zum Briefkasten hinunterbringen. Plötzlich wird ihm klar, daß auch Victoria eingeladen war. Aha, sie hatte es nicht erwähnt, sie hatte befürchtet, er werde kommen, sie wollte ihn nicht bei sich haben dort unter den fremden Menschen.

Er zerreißt seinen Brief, schreibt einen neuen, ja, danke, er werde kommen. Eine innere Heftigkeit läßt seine Hand zittern, eine seltsam frohe Bitterkeit packt ihn. Warum sollte er nicht hingehen? Warum sollte er sich verstecken? Basta.

Die heftige Gemütsbewegung geht mit ihm durch. Mit einem Ruck reißt er eine Handvoll Blätter von seinem Kalender an der Wand und versetzt sich eine Woche weiter in der Zeit. Er bildet sich ein, sich über etwas zu freuen, über alle Maßen entzückt zu sein, er will diese Stunde genießen, sich eine Pfeife anzünden, will sich hinsetzen und sich freuen. Die Pfeife ist in schlechtem Zustand, er sucht vergeblich nach einem Messer, einem Kratzer und reißt plötzlich einen Zeiger von der Uhr in der Ecke ab, um damit die Pfeife zu reinigen. Es tut ihm gut, diese Zerstörung zu sehen, sie läßt ihn innerlich lachen, und er späht nach anderen Dingen aus, die er in Unordnung bringen könnte.

Die Zeit vergeht. Schließlich wirft er sich angezogen, in seiner ganzen nassen Kleidung, aufs Bett und schläft ein.

Als er aufwachte, war es spät am Tag. Es regnete noch

immer, die Straße war naß. Sein Kopf war verwirrt, Reste der Träume, die er gehabt hatte, vermischten sich mit den Erlebnissen des gestrigen Tages; er spürte kein Fieber, im Gegenteil, die Hitze in ihm hatte nachgelassen, Kühle umgab ihn, als wäre er die ganze Nacht durch einen schwülen Wald gewandert und befände sich jetzt in der Nähe eines Gewässers. Es klopft, der Postbote bringt einen Brief. Er öffnet ihn, starrt darauf, liest und hat Mühe, ihn zu verstehen. Er war von Victoria, ein Zettel, ein halbes Blatt: sie habe vergessen, ihm zu sagen, daß sie heute abend bei Seiers sein werde; sie würde ihn dort gern sehen, ihm eine bessere Erklärung geben, ihn bitten, sie zu vergessen, es wie ein Mann zu tragen. Entschuldigen Sie das einfache Papier. Mit freundlichem Gruß.

Er ging in die Stadt, aß, ging wieder nach Hause und schrieb endlich eine Absage an Seiers, er könne nicht kommen, er möchte es sich gern aufsparen, zum Beispiel für morgen abend.

Diesen Brief sandte er mit einem Boten.

V

Es wurde Herbst, Victoria war nach Hause gefahren, und die kleine abgelegene Straße mit ihren Häusern und ihrer Stille war wie zuvor. In den Nächten brannte Licht in Johannes' Zimmer. Es wurde abends mit den Sternen angezündet und gelöscht, wenn der Tag graute. Er arbeitete und kämpfte, er schrieb an seinem großen Buch.

Wochen, Monate vergingen; er war allein und suchte niemanden auf, zu Seiers ging er nicht mehr. Oft trieb seine Phantasie ein verrücktes Spiel mit ihm und mischte unzugehörige Einfälle in sein Buch, die er später ausstreichen und wegwerfen mußte. Das warf ihn weit zurück. Plötzlicher Lärm in der Stille der Nacht, das Rumpeln eines Wagens auf der Straße konnte seinem Gedanken einen Stoß geben und ihn aus der Bahn bringen:

Straße frei für diesen Wagen, Achtung!

Warum? Warum sollte man sich vor diesem Wagen eigentlich in acht nehmen? Er rollte vorbei, jetzt wird er wohl an der Straßenecke sein. Vielleicht steht dort ein Mann ohne Mantel, ohne Mütze, hält vornübergebeugt den Kopf vor den Wagen, will überfahren, hoffnungslos verletzt, getötet werden. Der Mann will sterben, das ist seine Sache. Er knöpft sein Hemd nicht mehr zu, hat aufgehört, morgens seine Schuhe zuzubinden, alles läßt er offen, seine Brust ist nackt und mager; er wird sterben ... Ein Mann lag in den letzten Zügen, er schrieb einen Brief an einen Freund, ein Kärtchen, eine kleine Bitte. Der Mann starb, und er hinterließ diesen Brief. Er hatte Datum und Unterschrift, war mit großen und kleinen Buchstaben geschrieben, obwohl der, der ihn schrieb, in einer Stunde sterben würde. Das war sehr merkwürdig. Auch den üblichen Schnörkel hatte er unter seinen Namen gezogen. Und eine Stunde später war er tot... Da war ein anderer Mann. Er liegt allein in einem kleinen Zimmer, es ist mit Holz getäfelt und blau gestrichen. Was weiter? Nichts. In der ganzen weiten Welt ist er derjenige, der jetzt sterben wird. Dies beschäftigt ihn; er denkt darüber nach, bis zur Erschöpfung. Er sieht, daß es Abend ist, die Uhr an der Wand zeigt acht, und er begreift nicht, daß sie nicht schlägt. Die Uhr schlägt nicht. Sie zeigt sogar ein paar Minuten nach acht, und sie tickt und tickt, aber sie schlägt nicht. Armer Mann, sein Gehirn hat schon zu schlafen begonnen, die Uhr *hat* geschlagen, und er hat es nicht bemerkt. Dann sticht er ein Loch in das Bild seiner Mutter an der Wand, – was soll er noch mit diesem Bild, und warum soll es heil sein, wenn er nicht mehr ist? Sein müder Blick fällt auf den Blumentopf auf dem Tisch, und er streckt die Hand aus und reißt langsam und nachdenklich den großen Blumentopf herunter, so daß er zerbricht. Dann wirft er seine Zigarettenspitze aus Bernstein aus dem Fenster. Was soll er noch damit? Es scheint ihm so einleuchtend, daß sie später nicht dazuliegen braucht. Und nach einer Woche war der Mann tot...

Johannes steht auf und wandert im Zimmer hin und her. Der Nachbar im Nebenzimmer erwacht, sein Schnarchen hat aufgehört, und er läßt einen Seufzer, ein gequältes Stöhnen hören. Johannes geht auf Zehenspitzen zum Tisch und setzt sich wieder hin. Der Wind rauscht in den Pappeln vor seinem Fenster und läßt ihn frieren. Die alten Pappeln sind entlaubt und sehen aus wie traurige Mißgeburten; ein paar knorrige Äste scheuern an der Hauswand und verursachen ein Knarren, wie eine Sägemaschine, ein morsches Stampfwerk, das läuft und läuft.

Er sieht auf seine Papiere und überfliegt sie. Aha, seine Phantasie hat ihn wieder in die Irre geführt. Mit dem Tod und einem vorbeifahrenden Wagen hat er nichts zu schaffen. Er schreibt über einen Garten, einen grünen und fruchtbaren Garten daheim, den Schloßgarten. Darüber schreibt er. Er liegt jetzt tot und zugeschneit, und trotzdem schreibt er über ihn, und es ist durchaus kein Winter und kein Schnee, sondern Frühling und Duft und milde Luft. Und es ist Abend. Der Teich unten liegt still und tief, er ist wie ein See aus Blei; der Flieder duftet, Hecke nach Hecke treibt Knospen und grüne Blätter, und die Luft ist so still, daß man auf der anderen Seite der Bucht das Birkhuhn hört. Auf einem der Wege im Garten steht Victoria, sie ist allein, in weißem Kleid, zwanzig Sommer alt. Da steht sie. Ihre Gestalt ist größer als die größten Rosenbüsche, sie schaut übers Wasser, zu den Wäldern, den schlafenden Bergen in der Ferne; wie eine weiße Seele sieht sie aus inmitten des grünen Gartens. Vom Weg unten sind Schritte zu hören, sie tritt ein wenig vor, zu dem verborgenen Pavillon, lehnt sich mit den Ellbogen auf die Mauer und schaut hinunter. Der Mann unten auf dem Weg zieht den Hut, führt ihn fast bis zur Erde und grüßt. Sie nickt zurück. Der Mann blickt sich um, niemand ist auf dem Weg, der ihn beobachtet, und er tritt einige Schritte auf die Mauer zu. Da weicht sie zurück und ruft: Nein, nein! Sie macht auch eine abwehrende Bewegung mit der Hand. Victoria, sagt er, es ist ewig wahr, was Sie einmal gesagt haben, ich hätte mir nichts einbilden sollen, denn es ist unmöglich. Ja, erwidert sie, aber was wollen Sie noch? Er ist jetzt ganz nahe bei ihr, nur die Mauer trennt sie, und seine Antwort lautet: Was ich will? Sehen Sie, ich will hier nur eine Minute lang stehen. Es ist das letzte Mal. Ich will Ihnen so nahe wie möglich sein; jetzt bin ich nicht weit von Ihnen entfernt! Sie schweigt. Eine Minute vergeht. Gute Nacht, sagt er und zieht den Hut wieder fast bis zur Erde. Gute Nacht, erwidert sie. Und er geht, ohne sich umzublicken...

Was hatte er mit dem Tod zu schaffen? Er knüllt das beschriebene Papier zusammen und wirft es zum Ofen. Dort liegen noch andere beschriebene Bögen, die verbrannt werden sollen, nichts als flüchtige Abfälle einer Phantasie, die über die Ufer getreten ist. Und er schreibt wieder über den Mann unten auf dem Weg, einen wandernden Herrn, der grüßte und Lebewohl sagte, als seine Minute vergangen war. Und zurück im Garten blieb das junge Mädchen, sie war weiß gekleidet und zwanzig Sommer alt. Sie wollte ihn nicht; nun ja. Er aber hatte an der Mauer gestanden, hinter der sie lebte. So nahe war er ihr einmal gewesen.

Wieder vergehen Wochen und Monate, und der Frühling kam. Der Schnee war schon fort, weit draußen im Weltraum rauschte es wie befreite Wasser von der Sonne zum Mond. Die Schwalben waren gekommen, und im Wald vor der Stadt erwachte ein munteres Leben mit allerlei springenden Tieren und Vögeln mit fremden Sprachen. Ein frischer und süßlicher Duft stieg von der Erde auf.

Seine Arbeit hat den ganzen Winter gedauert. Wie ein Aufgesang hatten die trockenen Äste der Pappeln Tag und Nacht an der Hauswand gescharrt; jetzt war der Frühling gekommen, die Stürme waren vorbei, und das Knarren des Stampfwerks war verstummt.

Er öffnet das Fenster und schaut hinaus, die Straße ist schon still, obwohl es noch nicht Mitternacht ist, die Sterne blinken am wolkenlosen Himmel, es verspricht, ein warmer und heller Tag zu werden. Er hört das Getöse der Stadt, das sich mit dem ewigen Brausen in der Ferne vermischt. Plötzlich gellt eine Lokomotivpfeife, das Signal des Nachtzugs; wie ein einzelner Hahnenschrei klingt es in der stillen Nacht. Jetzt ist es Zeit zu arbeiten, diese Eisenbahnpfeife ist den ganzen Winter lang wie eine Aufforderung an ihn gewesen.

Und er schließt das Fenster und setzt sich wieder an den Tisch. Er schiebt die Bücher, in denen er gelesen hat, beiseite und zieht die Papiere hervor. Er greift nach der Feder.

Seine große Arbeit ist fast fertig, nur ein Schlußkapitel fehlt, ein Gruß wie von einem fortsegelnden Schiff, und er hat es schon im Kopf:

In einem Gasthaus an der Straße sitzt ein Herr, er ist auf der Durchreise und will weit, weit in die Welt hinaus.

Haare und Bart sind grau, und viele Jahre sind über ihn hingegangen; er ist aber noch groß und kräftig, und er ist gewiß nicht so alt, wie er aussieht. Draußen steht sein Wagen, die Pferde ruhen aus, der Kutscher ist fröhlich und zufrieden; denn er hat Wein und Essen von dem Fremden bekommen. Als der Herr seinen Namen ins Buch geschrieben hat, erkennt ihn der Wirt und verbeugt sich vor ihm und erweist ihm viel Ehre. Wer lebt jetzt auf dem Schloß? fragt der Herr. Der Wirt antwortet: Der Hauptmann; er ist sehr reich; die gnädige Frau ist gut zu allen. Zu allen? sagt der Herr für sich selbst und lächelt seltsam, auch zu mir? Und der Herr beginnt, etwas auf ein Papier zu schreiben, und als er fertig ist, liest er es durch, es ist ein Gedicht, schwer und ruhig, aber mit vielen bitteren Worten. Dann aber zerreißt er das Papier, und er bleibt sitzen und reißt es immer mehr entzwei. Da klopft es an seiner Tür, und eine Frau in goldenem Kleid tritt ein. Sie schlägt den Schleier zurück, es ist die Schloßherrin, Frau Victoria. Sie ist schön wie eine Majestät. Der Herr steht sofort auf, es ist, als leuchte im selben Augenblick ein Licht in seine dunkle Seele. Sie sind so gut zu allen, sagt er bitter, Sie kommen auch zu mir. Sie antwortet nicht, steht nur da und sieht ihn an, und ihr Gesicht wird dunkelrot. Was wollen Sie? fragt er bitter wie zuvor; sind Sie gekommen, um mich an das Vergangene zu erinnern? Dann wäre es das letzte Mal, gnädige Frau, ich reise für immer fort. Und die junge Schloßherrin antwortet noch immer nicht, doch ihr Mund bebt. Er sagt: Genügt es Ihnen nicht, daß ich meine Torheit einmal bekannt habe, dann hören Sie, ich will es noch einmal tun: mein Sinn stand nach Ihnen, ich war Ihrer nicht würdig – sind Sie nun zufrieden? Er fährt mit zunehmender Heftigkeit fort: Sie haben mich abgewiesen, haben einen anderen genommen; ich war ein Bauer, ein Bär, ein Barbar, der sich in seiner Jugend auf königliche Wildbahn verirrt hat. Dann aber wirft sich der Herr auf einen Stuhl und schluchzt und bittet: Oh, gehen Sie! verzeihen Sie mir, gehen Sie! Jetzt ist alle Röte aus dem Gesicht der Schloßherrin gewichen. Dann sagt sie, und sie spricht die Worte langsam und klar aus: Ich liebe Sie; mißverstehen Sie mich nicht mehr, Sie sind es, den ich liebe; leben Sie wohl! So sagte die junge Schloßherrin, sie schlug die Hände vors Gesicht und ging rasch zur Tür hinaus...

Er legt die Feder aus der Hand und lehnt sich zurück. Nun denn, Punktum, Ende. Da lag das Buch, all die beschriebenen Blätter, die Arbeit von neun Monaten. Eine warme Zufriedenheit durchrieselt ihn, weil sein Werk vollendet ist. Und während er dasitzt und zum Fenster blickt, hinter dem der Tag graut, summt und hämmert es in seinem Kopf, und sein Geist arbeitet weiter. Er ist voller Stimmung, sein Gehirn ist wie ein ungeernteter wilder Garten, wo die Erde dampft:

Er ist auf geheimnisvolle Weise in ein tiefes, ausgestorbenes Tal gelangt, in dem es nichts Lebendiges gibt. Weit in der Ferne steht allein und vergessen eine Orgel und spielt. Er geht näher, untersucht sie, die Orgel blutet, aus einer Seite rinnt Blut, während sie spielt. Noch weiter kommt er zu einem Platz. Es ist alles leer dort, kein Baum ist zu sehen und kein Ton zu hören, es ist nichts als ein leerer Platz. Im Sand aber sind Abdrücke der Schuhe von Menschen, und in der Luft hängen gleichsam noch die letzten Worte, die hier gesprochen wurden, so kurz ist es her, daß der Ort verlassen wurde. Ein seltsames Gefühl erfüllt ihn, diese Worte, die noch in der Luft über dem Platz hängen, ängstigen ihn, nähern sich ihm, bedrücken ihn. Er verjagt sie, und sie kommen zurück, es sind keine Worte, sondern Greise, eine Gruppe von Greisen, die tanzen; jetzt sieht er sie. Warum tanzen sie, und warum sind sie nicht im geringsten froh, wenn sie tanzen? Ein kalter Hauch geht von dieser Gesellschaft von Alten aus, sie sehen ihn nicht, sie sind blind, und als er ruft, hören sie ihn nicht, denn sie sind tot. Er wandert nach Osten, zur Sonne, er kommt zu einem Berg. Eine Stimme ruft: Bist du an einem Berg? Ja, erwidert er, ich stehe an einem Berg. Da sagt die Stimme: Der Berg, an dem du stehst, ist mein Fuß; ich liege gefesselt im äußersten Land, komm und befreie mich! Da begibt er sich auf den Weg ins äußerste Land. An einer Brücke steht ein Mann und lauert ihm auf, er sammelt Schatten ein; der Mann ist aus Moschus. Eisige Angst packt ihn beim Anblick dieses Mannes, der seinen Schatten haben will. Er spuckt vor ihm aus und droht ihm mit geballten Fäusten; der Mann aber steht reglos da und wartet auf ihn. Kehre um! ruft eine Stimme hinter ihm. Er dreht sich um und sieht einen Kopf, der auf dem Weg dahinrollt und ihm die Richtung anzeigt. Es ist der Kopf eines Menschen, hin und wieder lacht er still und lautlos. Er folgt ihm. Der Kopf rollt Tage und Nächte, und er folgt ihm; am Meeresufer schlüpft der Kopf in die Erde und versteckt sich. Er watet ins Meer und taucht. Er kommt an ein gewaltiges Tor, und er steht vor einem großen, bellenden Fisch. Der hat am Hals eine Mähne und bellt ihn an wie ein Hund. Hinter dem Fisch steht Victoria. Er streckt die Hände nach ihr aus, sie ist nackt, sie lacht ihm zu, und durch ihr Haar weht ein Sturm. Da ruft er sie an, er hört selbst seinen Schrei – und erwacht.

Johannes steht auf und tritt ans Fenster. Es ist fast hell geworden, und in dem kleinen Spiegel am Fensterpfosten sieht er, daß seine Schläfen rot sind. Er löscht die Lampe und liest im grauen Licht des Tages noch einmal die letzte Seite seines Buches. Dann legt er sich schlafen.

Am Nachmittag des nächsten Tages hatte Johannes sein Zimmer bezahlt, sein Manuskript abgeliefert und die Stadt verlassen. Er war ins Ausland gefahren, niemand wußte, wohin.

VI

Das große Buch war erschienen, ein Königreich, eine kleine brausende Welt voller Stimmungen, Stimmen und Visionen. Es wurde gekauft, gelesen und weggelegt. Einige Monate vergehen; als der Herbst kam, schleuderte Johannes ein neues Buch heraus. Was jetzt? Sein Name war auf einmal in aller Munde, das Glück war mit ihm, dieses neue Buch war in der Fremde geschrieben, fernab von den Ereignissen zu Hause, und es war still und stark wie Wein:

Lieber Leser, dies ist die Geschichte von Didrik und Iselin. Geschrieben in der guten Zeit, in den Tagen der kleinen Sorgen, als alles leicht zu tragen war, geschrieben in der allerbesten Absicht, über Didrik, den Gott mit Liebe schlug...

Johannes war in fremden Landen, keiner wußte, wo. Und mehr als ein Jahr verging, ehe es jemand erfuhr.

Mir ist, als ob jemand an die Tür klopft, sagt eines Abends der alte Müller.

Und seine Frau und er lauschen und sitzen still.

Nein, es war nichts, sagt er dann; es ist zehn Uhr, es ist bald Nacht.

Mehrere Minuten vergehen.

Da klopft es hart und bestimmt an die Tür, als habe jemand Mut gefaßt und gehandelt. Der Müller öffnet. Draußen steht das Schloßfräulein.

Erschreckt nicht, ich bin es nur, sagt sie und lächelt

furchtsam. Sie tritt ein; ein Stuhl wird hingestellt, doch sie setzt sich nicht. Sie hat nur einen Schal um den Kopf und an den Füßen kleine, flache Schuhe, obwohl es noch nicht Frühling ist, die Wege noch nicht trocken sind.

Ich will nur sagen, daß der Leutnant im Frühjahr kommt, sagt sie. Der Leutnant, mein Zukünftiger. Und vielleicht schießt er hier draußen Schnepfen. Ich wollte nur Bescheid sagen, damit ihr keine Angst bekommt.

Der Müller und seine Frau sehen das Schloßfräulein verwundert an. Es war noch nie Bescheid gesagt worden, wenn die Gäste des Schlosses im Wald und auf den Feldern auf die Jagd gingen. Sie danken ihr demütig; wie gütig von ihr.

Victoria geht wieder zur Tür.

Das war alles. Ich dachte, ihr seid alte Menschen, es könnte nicht schaden, wenn ich es sage.

Der Müller antwortet:

Daß Sie dazu bereit waren! Und nun haben Sie nasse Füße bekommen in den kleinen Schuhen.

Nein, der Weg ist trocken, sagt sie kurz. Ich war sowieso unterwegs. Gute Nacht.

Gute Nacht.

Sie öffnet den Riegel und tritt wieder hinaus. Da dreht sie sich in der Tür um und fragt:

Ach ja, – Johannes, habt ihr etwas von ihm gehört?

Nein, nichts, danke der Nachfrage. Nichts.

Er wird wohl bald kommen. Ich dachte, ihr hättet eine Nachricht.

Nein, seit dem letzten Frühjahr nicht. Johannes soll in fremden Landen sein.

Ja, in fremden Landen. Es geht ihm gut. Er schreibt selbst, er lebe in den Tagen der kleinen Sorgen. Dann geht es ihm wohl gut.

O doch, ja, Gott weiß es. Wir warten auf ihn; aber er schreibt uns nicht, niemandem. Wir warten nur auf ihn.

Er hat es wohl besser dort, wo er ist, wenn seine Sorgen so klein sein. Ja, ja, es geht mich nichts an. Ich wollte nur wissen, ob er im Frühjahr nach Hause kommt. Gute Nacht noch einmal.

Gute Nacht.

Der Müller und seine Frau gehen hinter ihr hinaus. Sie sehen sie mit erhobenem Kopf zum Schloß zurückgehen, sie steigt mit ihren kleinen Schuhen über die Pfützen auf dem aufgeweichten Weg.

Ein paar Tage später ist ein Brief von Johannes gekommen. Er komme in etwa einem Monat nach Hause, wenn er mit einem weiteren neuen Buch fertig sei. Es sei ihm gut ergangen in der langen Zeit, eine neue Arbeit sei bald fertig, eine ganze Welt voller Leben habe sich in seinem Gehirn getummelt...

Der Müller begibt sich zum Schloß. Unterwegs findet er ein Taschentuch, es ist mit Victorias Buchstaben gezeichnet, sie hat es vorgestern abend verloren.

Das Schloßfräulein ist oben, doch ein Mädchen erklärt sich bereit, eine Nachricht zu überbringen, – worum geht es?

Der Müller lehnt ab. Er will lieber warten.

Schließlich kommt das Fräulein.

Ich höre, Sie wollen mit mir sprechen? fragt sie und öffnet die Tür zu einem Zimmer.

Der Müller tritt ein, übergibt das Taschentuch und sagt:

Und dann haben wir einen Brief von Johannes.

Eine helle Bewegung geht über ihr Gesicht, einen Augenblick, einen kurzen Augenblick lang. Sie antwortet:

Haben Sie vielen Dank. Ja, das Taschentuch gehört mir.

Nun kommt er wieder nach Hause, fährt der Müller fast flüsternd fort.

Ihre Miene wird kalt.

Sprich laut, Müller; wer kommt? erwidert sie.

Johannes.

Johannes. Ja, und?

Nein, es war... Wir dachten, ich sollte es sagen. Wir haben darüber gesprochen, meine Frau und ich, und sie meinte es auch. Sie haben vorgestern gefragt, ob er im Frühling nach Hause kommt. Ja, er kommt.

Da freut ihr euch sicher? sagt das Schloßfräulein. Wann kommt er?

In einem Monat.

Aha. Nun, sonst ist nichts?

Nein. Wir dachten nur, da Sie gefragt haben... Nein, sonst ist nichts. Nur das.

Der Müller hatte die Stimme wieder gesenkt.

Sie führt ihn hinaus. Auf dem Flur begegnen sie ihrem Vater, und im Vorbeigehen sagt sie zu ihm, laut und gleichgültig:

Der Müller sagt, Johannes kommt nach Hause. Du erinnerst dich doch an Johannes?

Und der Müller geht aus dem Schloßtor und nimmt sich vor, nie wieder so dumm zu sein und auf seine Frau zu hören, wenn sie sich auf verborgene Dinge zu verstehen glaubt. Das sollte sie zu hören bekommen.

VII

Aus dem schlanken Vogelbeerbaum am Mühlenteich hatte er einmal eine Angelrute schneiden wollen; jetzt waren viele Jahre vergangen, und der Baum war dicker als sein Arm. Er sah ihn verwundert an und ging weiter.

Flußabwärts wucherte immer noch die undurchdringliche Wildnis aus Farnkraut, ein richtiger Wald, auf dessen Boden das Vieh feste Wege getrampelt hatte, über denen sich die Farnblätter schlossen. Er kämpfte sich durch die Wildnis wie in der Kindheit, mit den Händen rudernd und mit den Füßen tastend. Insekten und Gewürm ergriffen vor dem großen Mann die Flucht.

Oben am Granitbruch fand er Schlehen, Anemonen und Veilchen. Er pflückte ein paar, der heimische Duft rief ihn in vergangene Tage zurück. In der Ferne blauten die Hänge vor der Nachbargemeinde, und auf der anderen Seite der Bucht begann der Kuckuck zu rufen.

Er setzte sich; nach einer Weile begann er zu summen. Da hörte er unten auf dem Pfad Schritte.

Es war Abend, die Sonne stand tief; in der Luft aber zitterte die Wärme. Über Wäldern, Hängen und Bucht schwebte eine unendliche Ruhe.

Eine Frau kam zum Steinbruch herauf. Es war Victoria. Sie trug einen Korb.

Johannes stand auf, grüßte und wollte sich entfernen.

Ich wollte Sie nicht stören, sagte sie. Ich will nur ein paar Blumen pflücken.

Er antwortete nicht. Und er dachte nicht darüber nach, daß sie alle möglichen Blumen in ihrem Garten hatte.

Ich habe einen Korb dabei, für die Blumen, fuhr sie fort. Aber vielleicht finde ich keine. Wir brauchen sie für das Fest. Wir wollen ein Fest geben.

Hier stehen Anemonen und Veilchen, sagte er. Weiter oben gab es immer Hopfen. Aber dazu ist es vielleicht noch zu früh.

Sie sind blasser als zuletzt, bemerkte sie. Es ist über zwei Jahre her. Sie sind fort gewesen, habe ich gehört. Ich habe Ihre Bücher gelesen.

Er antwortete noch immer nicht. Ihm fiel ein, er könnte vielleicht sagen: Ja, guten Abend, Fräulein! und gehen. Von dem Stein, wo er stand, war es ein Schritt bis zum nächsten, von dort einer bis zu ihr, und dann konnte er sich zurückziehen, als ergäbe es sich von selbst.

Sie stand mitten in seinem Weg. Sie trug ein gelbes Kleid und einen roten Hut, sie war seltsam und schön; der Hals war nackt.

Ich versperre Ihnen den Weg, murmelte er und machte einen Schritt hinunter. Er beherrschte sich, um keine Gemütsbewegung zu zeigen.

Zwischen ihnen lag jetzt ein Schritt. Sie machte ihm den Weg nicht frei, sondern blieb stehen. Sie sahen einander ins Gesicht. Plötzlich wurde sie sehr rot, schlug den Blick nieder und trat zur Seite; ihr Gesicht nahm einen hilflosen Ausdruck an, doch sie lächelte.

Er schritt an ihr vorbei und blieb stehen, ihr trauriges Lächeln traf ihn, sein Herz flog ihr wieder zu, und er sagte aufs Geratewohl:

Sie sind seitdem natürlich oft in der Stadt gewesen? Seit damals ... Jetzt weiß ich, wo früher immer Blumen gestanden haben: auf dem Hügel neben Ihrem Fahnenmast.

Sie wandte sich zu ihm um, und er sah erstaunt, daß ihr Gesicht jetzt bleich und bewegt war.

Wollen Sie nicht an dem Abend zu uns kommen? sagte sie. Zum Fest? Wir werden ein Fest geben, fuhr sie fort, und ihr Gesicht begann wieder zu erröten. Einige Leute aus der Stadt werden kommen. Es wird schon bald sein, ich gebe Ihnen noch genauer Bescheid. Was antworten Sie?

Er antwortete nicht. Es war kein Fest für ihn, er gehörte nicht auf das Schloß.

Sie dürfen nicht nein sagen. Es wird nicht unangenehm für Sie sein, ich habe daran gedacht, ich habe eine Überraschung für Sie.

Pause.

Sie können mich nicht mehr überraschen, erwiderte er.

Sie biß sich auf die Lippe; das verzweifelte Lächeln ging wieder über ihr Gesicht.

Was wollen Sie von mir? sagte sie tonlos.

Ich will nichts von Ihnen, Fräulein Victoria. Ich habe hier auf einem Stein gesessen, ich bin bereit, Platz zu machen.

Ach ja, ich ging zu Hause herum, bin den ganzen Tag lang dort umhergegangen, dann ging ich hierher. Ich hätte am Fluß hinaufgehen können, einen anderen Weg, dann wäre ich nicht...

Liebes Fräulein, das Anwesen gehört Ihnen und nicht mir.

Ich habe Ihnen einmal weh getan, Johannes, ich wollte es wiedergutmachen, es richtigstellen. Ich habe wirklich eine Überraschung, von der ich glaube... das heißt, hoffe, daß Sie sich darüber freuen. Mehr kann ich nicht sagen. Aber ich möchte Sie diesmal bitten, dabeizusein.

Wenn es Ihnen zum Vergnügen gereicht, komme ich.

Sie kommen also?

Ja, ich bedanke mich für Ihre Freundlichkeit.

Als er unten in den Wald gekommen war, drehte er sich um und blickte zurück. Sie hatte sich hingesetzt; der Korb stand neben ihr. Er ging nicht nach Hause, sondern weiter den Weg entlang und wieder zurück. Tausend Gedanken kämpften in ihm. Eine Überraschung? Sie hatte es gesagt, gerade eben, ihre Stimme hatte gezittert. Eine heiße und nervöse Freude steigt in ihm auf, läßt sein Herz hämmern, und er hat das Gefühl, als schwebe er über dem Weg, auf dem er geht. Und war es nur ein Zufall, daß sie heute wieder ein gelbes Kleid trug? Er hatte auf ihre Hand geschaut, wo früher der Ring gewesen war – sie trug keinen Ring.

Eine Stunde vergeht. Die Dünste von Wald und Feld umschwebten ihn, drangen in seinen Atem, in sein Herz. Er setzte sich, legte sich zurück, die Hände hinter dem Nacken gefaltet, und lauschte eine Weile auf die Kukkucksrufe auf der anderen Seite der Bucht. Ein leidenschaftlicher Vogelgesang zitterte überall in der Luft.

Er hatte es also wieder erlebt! Als sie mit ihrem gelben Kleid und ihrem blutroten Hut zu ihm in den Steinbruch hinaufstieg, sah sie aus wie ein wandelnder Schmetterling, der von Stein zu Stein huschte und vor ihm stehenblieb. Ich wollte Sie nicht stören, sagte sie und lächelte; ihr Lächeln war rot, ihr ganzes Gesicht leuchtete, sie streute Sterne aus. Einige feine, blaue Adern hatten sich an ihrem Hals gebildet, und die wenigen Sommersprossen unter den Augen verliehen ihr eine warme Farbe. Sie war in ihrem zwanzigsten Sommer.

Eine Überraschung? Was hatte sie vor? Wollte sie ihm seine Bücher zeigen, diese zwei, drei Bände auf den Tisch legen und ihm eine Freude damit machen, daß sie sie alle gekauft und aufgeschnitten hatte? Bitte sehr, ein bißchen Aufmerksamkeit, ein kleines Trostpflästerchen! Verschmähen Sie meinen kleinen Beitrag nicht!

Er stand heftig auf und blieb stehen. Victoria kam zurück, ihr Korb war leer.

Sie haben keine Blumen gefunden? fragte er abwesend.

Nein, ich habe es aufgegeben. Ich habe auch nicht gesucht, ich saß einfach da.

Er sagte:

Da ich gerade daran denke: Sie dürfen wirklich nicht glauben, Sie hätten mir weh getan. Sie haben nichts wiedergutzumachen mit irgendeinem Trostpflaster.

Nicht, antwortete sie überrumpelt. Sie dachte darüber nach, sah ihn an und grübelte. Also nicht. Ich hätte gedacht, damals ... Ich wollte nicht, daß Sie mir ständig grollen für das, was geschehen ist.

Nein, ich grolle Ihnen nicht.

Sie denkt noch eine Weile nach. Plötzlich wirft sie den Kopf in den Nacken.

Dann ist es ja gut, sagt sie. Das hätte ich mir denken können. So viel Eindruck hat es nicht gemacht. Na ja, sprechen wir nicht mehr darüber.

Nein, lassen wir das. Meine Eindrücke sind Ihnen gleichgültig, heute wie damals.

Adieu, sagte sie. Bis demnächst.

Adieu, antwortete er.

Sie gingen beide ihres Weges. Er blieb stehen und drehte sich um. Da ging sie nun. Er streckte die Hände aus und flüsterte, sprach zärtliche Worte bei sich selbst: Ich grolle Ihnen nicht, nein, nein, das tue ich nicht; ich liebe Sie noch, liebe Sie ...

Victoria! rief er.

Sie hörte es, zuckte zusammen und drehte sich um, ging aber weiter.

Einige Tage vergingen. Johannes war in höchster Unruhe und arbeitete nicht, schlief nicht; er verbrachte fast den ganzen Tag im Wald. Er stieg auf den großen Fichtenhügel, auf dem der Fahnenmast des Schlosses stand; am Mast wehte eine Fahne. Auch auf dem runden Turm des Schlosses war geflaggt.

Eine seltsame Spannung ergriff ihn. Gäste würden aufs Schloß kommen, es würde ein Fest geben.

Der Nachmittag war still und warm; der Fluß strömte wie ein Puls durch die heiße Landschaft. Ein Dampfschiff glitt auf das Land zu und hinterließ einen Fächer weißer Streifen auf der Bucht. Jetzt verließen vier Wagen den Schloßhof und fuhren den Weg zur Anlegebrücke hinunter.

Das Schiff legte an, Herren und Damen stiegen an Land und nahmen in den Wagen Platz. Eine Serie von Schüssen knallte oben auf dem Schloß; zwei Männer standen im runden Turm und luden und feuerten mit Jagdgewehren, luden und feuerten. Als sie einundzwanzig Schuß abgefeuert hatten, rollten die Wagen durch das Schloßtor, und das Schießen hörte auf.

Ja, auf dem Schloß sollte ein Fest sein; die Gäste wurden mit Fahnen und Salut empfangen. Im Wagen saßen einige Uniformierte; vielleicht war Otto dabei, der Leutnant.

Johannes stieg vom Hügel herab und begab sich nach Hause. Ein Mann vom Schloß holte ihn ein und hielt ihn zurück. Er trug einen Brief in der Mütze, Fräulein Victoria habe ihn geschickt, und er solle Antwort zurückbringen.

Johannes las den Brief mit klopfendem Herzen. Victoria lud ihn dennoch ein, schrieb ihm in herzlichen Worten und bat ihn zu kommen. Dies eine Mal wolle sie ihn um etwas bitten. Antworten Sie durch den Boten.

Eine seltsame und unerwartete Freude war ihm widerfahren, das Blut stieg ihm zu Kopf, und er antwortete dem Mann, er werde kommen, ja, danke, er werde sofort kommen.

Bitte sehr!

Er gab dem Boten ein lächerlich großes Geldstück und eilte nach Hause, um sich umzuziehen.

VIII

Zum erstenmal in seinem Leben betrat er das Schloß und ging die Treppe hinauf in die erste Etage. Von drinnen summten ihm Stimmen entgegen, sein Herz schlug sehr, er klopfte an und trat ein.

Die noch junge Schloßherrin trat auf ihn zu und begrüßte ihn freundlich, drückte seine Hand. Sie freue sich, ihn zu sehen, erinnere sich an ihn aus der Zeit, als er nicht größer war als so; nun sei er ein großer Mann... Und es war, als hätte die Schloßherrin gern noch mehr gesagt, sie hielt seine Hand lange und sah ihn forschend an.

Auch der Schloßherr kam und gab ihm die Hand. Wie seine Frau schon sagte, ein großer Mann, in mehr als einer Beziehung ein großer Mann. Ein berühmter Mann. Sehr erfreut...

Er wurde Herren und Damen vorgestellt, dem Kammerherrn, der seine Orden trug, der Frau Kammerherrin, einem Gutsbesitzer aus der Nachbarschaft, Otto, dem Leutnant. Victoria sah er nicht.

Einige Zeit verging. Victoria trat ein, bleich, sogar unsicher; sie hielt ein junges Mädchen an der Hand. Sie gingen rings durch den Saal, begrüßten alle, sprachen ein paar Worte mit jedem. Bei Johannes blieben sie stehen.

Victoria lächelte und sagte: Sehen Sie, hier ist Camilla, ist das nicht eine Überraschung? Ihr kennt euch.

Sie blieb ein wenig stehen und sah beide an, dann ging sie aus dem Saal.

Johannes stand im ersten Augenblick steif und verwirrt da. Das war die Überraschung; Victoria hatte freundlichst eine andere an ihrer Stelle herbeigeschafft. Hört her, ihr beiden, geht nun und nehmt einander! Der Frühling steht in Flor, die Sonne scheint; öffnet die Fenster, wenn ihr wollt, denn der Garten duftet, und dort draußen in den Birkenwipfeln spielen auch Stare. Weshalb sprecht ihr nicht miteinander. So lacht doch!

Ja, wir kennen uns, sagte Camilla ohne Umschweife. Sie haben mich damals aus dem Wasser gezogen, das war hier.

Sie war jung und hell, munter, rosenrot gekleidet, in ihrem siebzehnten Jahr. Johannes biß die Zähne zusammen und lachte und scherzte. Nach und nach begannen ihre fröhlichen Worte ihn wirklich zu erfrischen, sie unterhielten sich lange, sein Herzklopfen ließ nach. Sie hatte noch die anmutige Gewohnheit ihrer jungen Jahre, den Kopf auf die Seite zu legen und abwartend zu lauschen, wenn er etwas sagte. Er erkannte sie wieder, sie überraschte ihn nicht.

Victoria kam wieder herein, sie faßte den Leutnant unter, zog ihn mit sich und sagte zu Johannes:

Kennen Sie Otto, – meinen Verlobten? Sie erinnern sich doch sicher an ihn.

Die Herren erinnerten sich. Sie sagen die nötigen Worte, machen die nötigen Verbeugungen und gehen auseinander. Johannes und Victoria stehen allein da. Er sagt:

War das die Überraschung?

Ja, erwidert sie gequält und ungeduldig, ich habe mein Bestes getan, etwas anderes fiel mir nicht ein. Seien Sie nun nicht störrisch, danken Sie mir lieber; ich habe gesehen, daß Sie sich gefreut haben.

Ich danke Ihnen. Ja, ich habe mich gefreut.

Eine hoffnungslose Verzweiflung überkam ihn, sein Gesicht wurde leichenblaß. Hatte sie ihm einmal weh getan, so war es jetzt mehr als richtiggestellt und wiedergutgemacht. Er war ihr aufrichtig dankbar.

Und wie ich bemerke, tragen Sie heute Ihren Ring, sagte er dumpf. Nehmen Sie ihn nur nicht wieder ab.

Pause.

Nein, nun werde ich ihn wohl nicht mehr abnehmen, antwortete sie.

Sie sahen einander in die Augen. Seine Lippen zitterten, er wies mit dem Kopf zum Leutnant hinüber und sagte heiser und grob:

Sie haben Geschmack, Fräulein Victoria. Er ist ein schöner Mann. Seine Epauletten machen ihm Schultern.

Sie antwortete mit großer Ruhe:

Nein, er ist nicht schön. Aber er ist ein gebildeter Mann. Das wiegt auch etwas.

Das war für mich, danke. Er lachte laut und fügte unverschämt hinzu: Und er hat Geld in der Tasche, das wiegt noch mehr.

Sie entfernte sich sofort. Er irrte wie ein Geächteter im Raum umher. Camilla sprach ihn an, stellte eine Frage, er hörte es nicht und antwortete nicht. Sie sagte wieder etwas, berührte sogar seinen Arm und fragte wieder vergeblich.

Nein, da geht er und denkt, rief sie lachend. Er denkt, er denkt!

Victoria hörte es und antwortete:

Er will allein sein. Mich hat er auch weggeschickt. Aber plötzlich kam sie zu ihm und sagte laut: Sie denken gewiß über eine Entschuldigung an mich nach. Darüber brauchen Sie sich keine Gedanken zu machen. Im Gegenteil, ich muß mich bei Ihnen entschuldigen, weil ich Ihnen die Einladung so spät geschickt habe. Es war sehr unaufmerksam von mir. Ich habe Sie bis zuletzt vergessen, fast hätte ich Sie ganz vergessen. Aber ich hoffe, Sie verzeihen mir, denn ich hatte an so vieles zu denken.

Er starrte sie sprachlos an; sogar Camilla blickte vom einen zum anderen und sah erstaunt aus. Victoria stand mit ihrem kalten, bleichen Gesicht direkt vor ihnen und machte eine zufriedene Miene. Sie war gerächt.

Das sind nun unsere jungen Kavaliere, sagte sie zu Camilla. Wir dürfen nicht zuviel von ihnen erwarten. Dort sitzt mein Zukünftiger und spricht über die Elchjagd, und hier steht der Dichter und denkt... Sagen Sie etwas, Dichter!

Er zuckte zusammen; die Adern an seinen Schläfen wurden blau.

Gut. Sie bitten mich, etwas zu sagen. Also gut.

Ach, strengen Sie sich nicht an.

Sie wollte gehen.

Um direkt zur Sache zu kommen, sagte er langsam und lächelnd, aber seine Stimme zitterte; um mitten drin anzufangen: sind Sie vor kurzem verliebt gewesen, Fräulein Victoria?

Es wurde einige Sekunden vollkommen still; alle drei hörten ihre Herzen schlagen. Camilla antwortete voller Angst:

Natürlich ist Victoria verliebt, in ihren Zukünftigen. Sie hat sich gerade verlobt, wissen Sie das nicht?

Die Türen zum Speisesaal wurden geöffnet.

Johannes fand seinen Platz und blieb davor stehen. Der ganze Tisch schwankte vor seinen Augen, er sah viele Menschen und hörte ein Rauschen von Stimmen.

Ja, bitte schön, das ist Ihr Platz, sagte die Schloßherrin freundlich. Wenn sich nun alle hinsetzen würden.

Entschuldigung! sagte plötzlich Victoria direkt hinter ihm.

Er trat zur Seite.

Sie nahm seine Karte und legte sie einige Plätze, sieben Plätze weiter unten hin, neben einen alten Mann, der früher Hauslehrer im Schloß gewesen war und von dem es hieß, er trinke. Sie brachte eine andere Karte mit zurück und setzte sich.

Er stand da und sah das Ganze an. Die Schloßherrin war unangenehm berührt und machte sich auf der anderen Seite des Tisches zu schaffen, sie vermied es, ihn anzusehen.

Er war noch verwirrter als zuvor und ging aufgebracht an seinen neuen Platz; der andere wurde von einem Freund Ditlefs aus der Stadt eingenommen, einem jungen Mann mit Diamantknöpfen an der Brust. Zu seiner Linken saß Victoria, zu seiner Rechten Camilla.

Und das Essen begann.

Der alte Hauslehrer hatte Johannes noch als Kind gekannt, und zwischen ihnen kam ein Gespräch zustande. Er erzählte, auch er habe in jungen Jahren die Poesie gepflegt, er habe die Manuskripte noch liegen, Johannes solle sie bei Gelegenheit zu lesen bekommen. Jetzt sei er zum Jubeltag in dieses Hauses gerufen worden, um an der Freude der Familie über Victorias Verlobung teilzunehmen. Der Schloßherr und die Schloßherrin hätten ihm aus alter Freundschaft diese Überraschung gemacht.

Ich habe nichts von Ihnen gelesen, sagte er. Wenn ich lesen will, lese ich mich selbst, ich habe Gedichte und Erzählungen in der Schublade liegen. Sie sollen nach meinem Tod veröffentlicht werden; ich möchte trotz allem, daß das Publikum weiß, wer ich war. Ach, wir Älteren im Fach tragen nicht alles so schnell zur Druckerei, wie man es heutzutage tut. Prosit.

Die Mahlzeit schreitet voran. Der Schloßherr klopft ans Glas und erhebt sich. Sein vornehmes, mageres Gesicht zuckt vor Bewegung, und er macht einen sehr glücklichen Eindruck. Johannes beugt den Kopf tief hinunter. Sein Glas ist leer, und niemand schenkt ihm nach; er füllt es selbst bis zum Rand und beugt den Kopf wieder hinunter. Jetzt kommt es!

Die Rede war lang und schön und wurde mit viel freudigem Lärm aufgenommen; die Verlobung war erklärt. Eine Flut guter Wünsche ergoß sich von allen Seiten des Tisches über die Tochter des Schloßherrn und den Sohn des Kammerherrn.

Johannes trank sein Glas leer.

Einige Minuten später ist seine Erregung gewichen, seine Ruhe zurückgekehrt; der Champagner brennt gedämpft in seinen Adern. Er hört, daß auch der Kammerherr spricht und wieder Bravo und Hurra gerufen und angestoßen wird. Einmal sieht er zu Victorias Platz; sie ist bleich und wirkt gequält, sie blickt nicht auf. Camilla dagegen nickt ihm zu und lächelt, und er nickt zurück.

Der Hauslehrer neben ihm spricht weiter:

Wie schön, wie schön, wenn zwei einander bekommen.

Mir war es nicht vergönnt. Ich war ein junger Student, gute Aussichten, große Begabung; mein Vater besaß einen alten Namen, ein großes Haus, Reichtum, viele, viele Schiffe. Ich wage also zu sagen, meine Aussichten waren *sehr* gut. Auch sie war jung und vornehm. Ich komme also zu ihr und öffne mein Herz. Nein, antwortet sie. Können Sie sie verstehen? Nein, sie wolle nicht, sagte sie. Ich tat, was ich konnte, arbeitete weiter und nahm es wie ein Mann. Dann kamen für meinen Vater schlechte Jahre, Schiffsverluste, fällige Wechsel, kurz, er machte bankrott. Was tat ich? Nahm es wieder wie ein Mann. Und jetzt kommt es tatsächlich so, daß sie, das Mädchen, von dem ich spreche, nicht länger auf sich warten läßt. Sie kommt zurück, sucht mich in der Stadt auf. Was sie von mir wollte, werden Sie fragen. Ich war arm geworden, hatte einen kleinen Lehrerposten bekommen, alle meine Aussichten waren dahin und meine Dichtungen in der Schublade verschwunden, – da kam sie und wollte. Sie wollte!

Der Hauslehrer sah Johannes an und fragte:

Verstehen Sie das?

Aber dann wollten Sie nicht?

Konnte ich denn, frage ich Sie? Entblößt, entblößt, nackt, eine Lehrerstelle, nur sonntags Tabak in der Pfeife, – was denken Sie! Das konnte ich ihr nicht antun. Ich sage nur: Können Sie sie verstehen?

Und was wurde dann aus ihr?

Ach, mein Gott, Sie beantworten meine Frage nicht. Sie hat einen Hauptmann geheiratet. Im Jahr darauf. Einen Hauptmann der Artillerie. Prost.

Johannes sagte:

Man sagt von gewissen Frauen, daß sie ein Objekt für ihr Mitleid suchen. Geht es dem Mann gut, hassen Sie ihn und fühlen sich überflüssig; geht es ihm schlecht und muß er den Nacken beugen, triumphieren sie und sagen: hier bin ich.

Aber warum willigte sie nicht in den guten Zeiten ein? Ich hatte Aussichten wie ein kleiner Gott.

Sie wollte eben warten, bis Sie zu Boden gedrückt waren. Gott weiß.

Aber ich wurde nicht zu Boden gedrückt. Nie. Ich behielt meinen Stolz und gab ihr einen Korb. Was sagen Sie dazu?

Johannes schwieg.

Aber vielleicht haben Sie recht, sagte der alte Hauslehrer. Bei Gott und allen Engeln, Sie haben recht mit dem, was Sie sagen, rief er plötzlich aufgemuntert aus und trank erneut. Sie nahm schließlich einen alten Hauptmann; sie pflegt ihn, zerkleinert ihm das Essen und ist Herr im Hause. Einen Hauptmann der Artillerie.

Johannes blickte auf. Victoria hielt ihr Glas in der Hand und starrte zu ihm herüber. Sie hielt ihr Glas in die Höhe. Er fühlte einen Stoß in sich und ergriff sein Glas ebenfalls. Seine Hand zitterte.

Da rief sie laut seinen Nebenmann und lachte; sie hatte den Namen des Hauslehrers gerufen.

Johannes stellte sein Glas gedemütigt zurück und lächelte hilflos ins Leere. Alle hatten ihn angesehen.

Der alte Hauslehrer war über diese Aufmerksamkeit seiner Schülerin zu Tränen gerührt. Er beeilte sich, auszutrinken.

Und hier bin ich nun, ein alter Mann, fuhr er fort, trotte dahin, allein und unbekannt. Das wurde mein Los. Niemand weiß, was in mir steckt; aber niemand hat mich murren gehört. Sagen Sie, kennen Sie die Turteltaube? Ist es nicht die Turteltaube, diese große, traurige, die das klare, muntere Quellwasser erst trübt, bevor sie es trinkt?

Das weiß ich nicht.

Na. Aber sie ist es. Und so mache ich es auch. Ich habe nicht die bekommen, die ich im Leben haben sollte; aber ganz ohne Freuden bin ich nun auch nicht. Aber ich trübe sie. Immer trübe ich sie. Dann kann mich die Enttäuschung danach nicht niederdrücken. Dort sehen Sie Victoria. Sie hat mir gerade zugetrunken. Ich bin ihr Lehrer gewesen; jetzt wird sie heiraten, und das freut mich, ich empfinde dabei eine ganz persönliche Freude, als wäre sie meine eigene Tochter. Vielleicht werde ich nun der Lehrer ihrer Kinder. Doch, das Leben hat trotz allem allerlei Freuden. Aber was

Sie über das Mitleid und die Frau und den gebeugten Nakken sagten, – je mehr ich darüber nachdenke, desto mehr haben Sie recht. Weiß Gott, Sie haben... Entschuldigen Sie einen Augenblick.

Er stand auf, nahm sein Glas und ging zu Victoria. Er schwankte schon ein wenig auf den Beinen und ging weit vornübergebeugt.

Weitere Reden wurden gehalten, der Leutnant sprach, der Gutsbesitzer aus der Nachbarschaft hob das Glas auf die Frauen, auf die Frau des Hauses. Plötzlich stand der Herr mit den Diamantknöpfen auf und nannte Johannes' Namen. Er habe die Erlaubnis dazu erhalten, möchte dem jungen Dichter einen Gruß der Jugend überbringen. Lauter freundliche Worte, ein wohlgemeinter Dank der Gleichaltrigen, voller Anerkennung und Bewunderung.

Johannes traute seinen Ohren nicht. Er flüsterte dem Hauslehrer zu:

Hält er eine Rede auf mich?

Der Hauslehrer antwortete:

Ja. Er ist mir zuvorgekommen. Ich wollte es selbst tun, Victoria hat mich schon heute nachmittag darum gebeten.

Wer hat Sie darum gebeten, sagen Sie?

Der Hauslehrer starrte ihn an:

Niemand, sagte er.

Während der Rede richteten sich aller Augen auf Johannes, selbst der Schloßherr nickte ihm zu, und Frau Kammerherrin hielt die Lorgnette vor die Augen und sah ihn an. Als die Rede zu Ende war, tranken alle.

Revanchieren Sie sich, sagte der Hauslehrer. Er hat eine Rede auf Sie gehalten. Das wäre einem Älteren im Fach zugekommen. Außerdem war ich ganz und gar nicht seiner Meinung. Ganz und gar nicht.

Johannes sah den Tisch entlang zu Victoria. Sie hatte den Herrn mit den Diamantknöpfen zu der Rede veranlaßt; warum? Zuerst hatte sie sich deswegen an einen anderen gewendet, schon früh am Tag hatte sie daran gedacht; warum? Jetzt saß sie da und sah zu Boden, und keine Miene verriet sie.

Plötzlich gehen ihm vor tiefer und heftiger Bewegung die Augen über, er hätte sich ihr zu Füßen werfen und ihr danken, ihr danken können. Er wollte es später tun, nach dem Essen.

Camilla redete nach rechts und links und lächelte übers ganze Gesicht. Sie war zufrieden, ihre siebzehn Jahre hatten ihr nichts als eitel Freude gebracht. Sie nickte Johannes mehrmals zu und gab ihm zu verstehen, daß er aufstehen solle.

Er stand auf.

Er sprach kurz; seine Stimme klang tief und bewegt: Auf diesem Fest, mit dem das Haus ein freudiges Ereignis feiere, sei auch er – ein gänzlich Außenstehender – aus seiner Unbemerktheit hervorgeholt worden. Er wolle der Person danken, der dieser liebenswürdige Einfall als erster gekommen sei, und derjenigen, die ihm so viele angenehme Worte gesagt habe. Er könne aber auch nicht umhin, des Wohlwollens zu gedenken, mit dem die ganze Gesellschaft den Lobesworten auf ihn – den Außenstehenden – gelauscht habe. Sein einziges Anrecht, bei diesem Anlaß überhaupt anwesend zu sein, bestehe darin, daß er der Sohn des Schloßnachbarn im Wald sei...

Ja! rief plötzlich Victoria mit flammenden Augen.

Alle sahen sie an, ihre Wangen waren rot, und ihre Brust wogte. Johannes hielt inne. Ein peinliches Schweigen entstand.

Victoria? fragte der Schloßherr verwundert.

Fahren Sie fort! rief sie wieder. Es ist Ihr einziges Anrecht; aber sprechen Sie weiter! Dann erloschen plötzlich ihre Augen, sie begann hilflos zu lächeln und den Kopf zu schütteln. Darauf wandte sie sich an ihren Vater und sagte: Ich wollte nur übertreiben. Er übertreibt ja selbst. Nein, ich wollte nicht stören...

Johannes hörte diese Erklärung und fand einen Ausweg; sein Herz schlug hörbar. Er bemerkte, daß die Schloßherrin Victoria mit Tränen in den Augen und unendlicher Nachsicht ansah.

Ja, er habe übertrieben, sagte er; Fräulein Victoria habe

recht. Sie sei so liebenswürdig gewesen, ihn daran zu erinnern, daß er nicht nur der Sohn des Nachbarn, sondern auch der Spielkamerad der Schloßkinder aus der Kindheit sei, und diesem letzteren Umstand sei seine Anwesenheit hier und jetzt zu verdanken. Er danke ihr; so war es. Er sei in dieser Gegend zu Hause, die Wälder des Schlosses seien einst seine ganze Welt gewesen, dahinter blaue das unbekannte Land, das Märchen. In jenen Jahren aber sei es oft geschehen, daß Ditlef und Victoria ihn zu einem Ausflug oder einem Spiel holen ließen – das seien die großen Erlebnisse seiner Kindheit gewesen. Später, als er darüber nachgedacht habe, habe er erkennen müssen, daß diese Stunden eine Bedeutung für sein Leben gehabt hätten, die niemand kannte, und wenn das, was er schrieb, manchmal tatsächlich *aufflamme* – wie vorhin gesagt worden war –, dann deswegen, weil die Erinnerungen von damals ihn entzündeten; es war der Widerschein des Glücks, das ihm seine beiden Kameraden in der Kindheit bereitet hätten. Deshalb hätten sie großen Anteil an dem, was er hervorbrachte. Den allgemeinen guten Wünschen anläßlich der Verlobung wolle er deshalb einen persönlichen Dank an beide Schloßkinder für die guten Jahre der Kindheit hinzufügen, für damals, als weder Zeit noch anderes zwischen sie getreten war, den frohen, kurzen Sommertag...

Eine Rede, der aufrichtige Versuch einer Rede. Lustig war es nicht, aber es ging auch nicht ganz schlecht, die Gesellschaft trank, aß weiter und begann sich wieder zu unterhalten. Ditlef bemerkte trocken zu seiner Mutter:

Ich wußte gar nicht, daß seine Bücher eigentlich von mir geschrieben sind. Was?

Aber die Schloßherrin lachte nicht. Sie trank ihren Kindern zu und sagte:

Dankt ihm, dankt ihm. Ich kann es sehr gut verstehen; er war so allein als Kind... Was tust du, Victoria?

Ich möchte ihm von dem Mädchen diesen Fliederzweig als Dank bringen lassen. Darf ich das nicht?

Nein, erwiderte der Leutnant.

Nach dem Essen zerstreute sich die Gesellschaft in den Zimmern, auf dem großen Altan und auch unten im Garten. Johannes ging ins Erdgeschoß und kam ins Gartenzimmer. Dort waren noch andere, ein paar Herren, die rauchten, der Gutsbesitzer und ein anderer, der halblaut über die Finanzen des Schloßherrn sprach. Sein Hof sei vernachlässigt, überwuchert, die Zäune am Boden, die Wälder ausgeholzt; es hieß, er habe sogar Mühe, die erstaunlich hohe Versicherung für Haus und Hausrat aufzubringen.

Wie hoch ist es versichert?

Der Gutsbesitzer nannte die Summe, die auffallend hoch war.

Im übrigen war auf dem Schloß nie gespart worden, immer waren die Summen dort hoch gewesen. Was kostete zum Beispiel ein solches Essen! Jetzt aber dürfte überall Leere herrschen, selbst im berühmten Schmuckkästchen der Schloßherrin, und deshalb sollte das Geld des Schwiegersohns die Herrlichkeit wiederherstellen.

Wieviel mag er haben?

Puh, der hat so unbegreiflich viel Geld, daß...

Johannes stand wieder auf und ging in den Garten hinunter. Der Flieder blühte, der Duft von Aurikeln und Narzissen, Jasmin und Maiglöckchen schlug ihm entgegen. Er suchte sich einen Winkel unten an der Mauer und setzte sich auf einen Stein; ein Busch verbarg ihn vor den anderen. Er war erschöpft von seiner Gemütsbewegung, müde wie ein Sklave, sein Verstand verdunkelt; er dachte daran, aufzustehen und nach Hause zu gehen, blieb aber sitzen, dumpf und stumpf. Da hört er ein Murmeln auf dem Kiesweg, jemand kommt, er erkennt Victorias Stimme. Er hält den Atem an und wartet ein wenig, da blitzt auch die Uniform des Leutnants durchs Laub. Die Verlobten gehen miteinander spazieren.

Ich finde, sagt er, da stimmt etwas nicht. Du hörst zu, was er sagt, sitzt da und bist beeindruckt von seiner Rede und schreist auf. Was hatte das eigentlich zu bedeuten?

Sie bleibt stehen und steht hoch vor ihm.

Willst du es wissen? sagt sie.

Ja.

Sie schweigt.

Es kann mir egal sein, wenn es nichts bedeutet, fährt er fort. Dann brauchst du es nicht zu sagen.

Sie sinkt wieder zusammen.

Nein, es bedeutete nichts, erwidert sie.

Sie gehen weiter. Der Leutnant rückt nervös seine Epauletten zurecht und sagt laut:

Er soll sich ein bißchen in acht nehmen. Sonst streicht ihm noch die Hand eines Offiziers über die Ohren.

Sie schlugen den Weg zum Pavillon ein.

Johannes blieb eine Weile auf dem Stein sitzen, dumpf und gequält wie zuvor. Alles begann ihm gleichgültig zu werden. Der Leutnant hatte Verdacht gegen ihn geschöpft, und seine Verlobte rechtfertigte sich auf der Stelle. Sie sagte, was gesagt werden mußte, stellte das Herz des Offiziers zufrieden und ging mit ihm weiter. Und über ihren Köpfen plauderten die Stare in den Zweigen. Gut. Mochte Gott ihnen ein langes Leben bescheren... Er hatte bei Tisch eine Rede auf sie gehalten und sich das Herz herausgerissen; es hatte ihn einiges gekostet, ihre unverschämte Unterbrechung richtigzustellen und zu überdecken, und sie hatte ihm nicht dafür gedankt. Sie hatte ihr Glas genommen und getrunken. Prosit, seht, wie hübsch ich trinke... Man sehe nur mal eine Frau von der Seite an, wenn sie trinkt. Sei es aus einer Tasse, einem Glas, sei es aus irgend etwas, man sehe sie sich von der Seite an. Sie ziert sich grauenhaft. Sie spitzt den Mund und taucht ihn mit dem äußersten Rand in das Getränk, und sie ist verzweifelt, wenn man ihr unterdessen auf die Hand schaut. Überhaupt, man sehe einer Frau nicht auf die Hand. Sie hält es nicht aus, sie kapituliert. Sie beginnt die Hand sofort an sich zu ziehen, in eine immer schönere Stellung zu bringen, alles nur, um eine Falte oder einen weniger wohlgeformten Nagel zu verbergen. Schließlich hält sie es nicht mehr aus, sie fragt außer sich: Wohin sehen Sie?... Sie hatte ihn einmal geküßt, einmal in einem Sommer. Das war lange her, Gott weiß, ob es überhaupt wahr ist. Wie war es noch gewesen, hatten sie auf einer Bank gesessen? Sie unterhielten sich lange, und als sie gingen, kam er ihr sehr nahe, so daß er ihren Arm berührte. Vor einer Wohnungstür küßte sie ihn. Ich liebe Sie! sagte sie ... Eben waren sie vorbeigegangen, sie saßen vielleicht noch im Pavillon. Der Leutnant wolle ihm eins aufs Ohr geben, hatte er gesagt. Er hatte es gut gehört, er schlief nicht, aber er stand auch nicht auf und trat hervor. Die Hand eines Offiziers, hatte er gesagt. Nun ja, es war ihm gleichgültig ...

Er stand vom Stein auf und ging ihnen zum Pavillon nach. Er war leer. An der Veranda des Haupthauses stand Camilla und rief ihn; im Gartenzimmer gibt es Kaffee, bitte sehr. Er folgte ihr. Die Verlobten saßen im Gartenzimmer; auch einige andere waren da. Er bekam seinen Kaffee, trat zurück und suchte sich einen Platz.

Camilla begann mit ihm zu sprechen. Ihr Gesicht war so hell, und sie sah ihn mit offenen Augen an, er konnte ihr nicht widerstehen, er redete mit ihr, beantwortete ihre Fragen und lachte. Wo war er gewesen? Im Garten? Das konnte nicht stimmen, sie hatte im Garten gesucht und ihn nicht gefunden. Nein, im Garten war er nicht gewesen.

War er im Garten, Victoria? fragt sie.

Victoria antwortet:

Nein, ich habe ihn nicht gesehen.

Der Leutnant wirft ihr einen bösen Blick zu, und um seine Verlobte zu warnen, sagt er unnötig laut quer durch den Raum zum Gutsbesitzer:

Wollten Sie mich nicht zur Schnepfenjagd mitnehmen?

Gut, erwidert der Gutsbesitzer. Sie sind willkommen.

Der Leutnant sieht Victoria an. Sie sagt nichts und sitzt unverändert da, hält ihn ganz und gar nicht von dieser Schnepfenjagd beim Gutsbesitzer ab. Sein Gesicht verdüstert sich mehr und mehr, er streichelt mit nervösen Bewegungen seinen Schnurrbart.

Camilla richtet wieder eine Frage an Victoria.

Da steht der Leutnant mit einer raschen Bewegung auf und sagt zum Gutsbesitzer:

Gut, dann fahre ich gleich heute abend mit Ihnen.

Damit verläßt er das Zimmer.

Der Gutsbesitzer und einige andere folgen ihm.

Es entstand eine kurze Pause.

Plötzlich geht die Tür auf, und der Leutnant kommt wieder herein. Er ist in größter Erregung.

Hast du etwas vergessen? fragt Victoria und steht auf.

Er macht ein paar hopsende Schritte an der Tür, als könne er nicht stillstehen, und geht direkt auf Johannes zu, den er gleichsam im Vorbeigehen mit der Hand stößt. Darauf läuft er zur Tür zurück und hopst weiter.

Nehmen Sie sich in acht, Mann, sie haben mich ins Auge gestoßen, sagte Johannes und lachte hohl.

Sie irren sich, erwiderte der Leutnant, ich habe Ihnen eine Ohrfeige gegeben. Verstehen Sie? verstehen Sie?

Johannes zog sein Taschentuch, wischte sich das Auge ab und sagte:

Das kann nicht Ihr Ernst sein. Sie wissen ja, daß ich Sie zusammenklappen und in die Tasche stecken kann.

Gleichzeitig erhob er sich.

Da öffnete der Leutnant eilig die Tür und ging hinaus.

Es ist mein Ernst! schrie er zurück. Es ist mein Ernst, Sie Ochse!

Dann schlug er die Tür mit einem Knall zu.

Johannes setzte sich wieder hin.

Victoria stand immer noch ungefähr mitten im Raum. Sie sah ihn an und war blaß wie eine Leiche.

Hat er Sie gestoßen? fragte Camilla höchst verwundert.

Versehentlich. Er hat mich am Auge getroffen. Schauen Sie nur.

Mein Gott, das ist ja rot, da ist Blut. Nein, reiben Sie nicht, ich wasche es mit Wasser aus. Ihr Taschentuch ist zu grob, hier, stecken Sie es wieder ein; ich nehme mein eigenes. So was, genau ins Auge!

Auch Victoria hielt ihr Taschentuch hin. Sie sagte nichts. Dann ging sie sehr langsam zur Glastür, wo sie mit dem

Rücken zum Zimmer stehenblieb und hinaussah. Sie riß ihr Taschentuch in kleine Streifen. Einige Minuten später öffnete sie die Tür und verließ das Gartenzimmer still und stumm.

IX

Camilla kam zur Mühle gelaufen, munter und ungeniert. Sie war allein. Sie ging schnurstracks in die kleine Hütte und sagte mit einem Lachen:

Entschuldigung, daß ich nicht angeklopft habe. Hier herrscht so ein Rauschen vom Fluß, daß ich dachte, es nützt nichts. Sie schaute sich um und rief: Nein, wie hübsch es hier ist! Hübsch! Wo ist Johannes? Ich kenne Johannes. Was macht sein Auge?

Sie bekam einen Stuhl und setzte sich.

Johannes wurde aus der Mühle geholt. Sein Auge triefte und war blutunterlaufen.

Ich bin von allein gekommen, rief ihm Camilla entgegen; ich hatte Lust, hierherzugehen. Sie müssen das Auge weiter mit kaltem Wasser behandeln.

Nicht nötig, antwortete er. Gott segne Sie, warum kommen Sie hierher? Wollen Sie die Mühle sehen? Danke, daß Sie gekommen sind. Er legte den Arm um seine Mutter, schob sie vor und sagte: Dies ist meine Mutter.

Sie gingen zur Mühle hinunter. Der alte Müller zog die Mütze tief und sagte etwas; Camilla hörte es nicht, doch sie lächelte und sagte aufs Geratewohl:

Danke, danke. Doch, ich würde sie gern sehen.

Der Lärm machte ihr angst, sie hielt Johannes' Hand und blickte mit großen, lauschenden Augen zu den beiden Männern auf, ob sie etwas sagten. Sie sah aus wie eine

Taubstumme. Die vielen Räder und Vorrichtungen in der Mühle erstaunten sie, sie lachte, schüttelte im Eifer Johannes' Hand und zeigte in alle Richtungen. Die Mühle wurde angehalten und wieder in Gang gesetzt, damit sie es sehen konnte.

Eine ganze Weile, nachdem sie die Mühle verlassen hatte, sprach Camilla immer noch komisch laut, als dröhne ihr der Lärm noch in den Ohren.

Johannes begleitete sie auf dem Rückweg zum Schloß.

Begreifen Sie, daß er es wagen konnte, Sie ins Auge zu stoßen? sagte sie. Dann ist er aber auch sofort verschwunden, er ist mit dem Gutsbesitzer zur Jagd gefahren. Ein schrecklich peinlicher Vorfall. Victoria sagt, sie habe die ganze Nacht nicht geschlafen.

Dann wird sie heute nacht schlafen, antwortete er. Wann fahren Sie wieder nach Hause?

Morgen. Wann kommen Sie in die Stadt?

Zum Herbst. Kann ich Sie heute nachmittag treffen?

Sie rief:

Ja, tun Sie das! Sie haben mir von einer Höhle erzählt, die Sie haben, die müssen Sie mir zeigen.

Ich komme und hole Sie ab, sagte er.

Als er wieder zurückging, saß er lange auf einem Stein und überlegte. Ein warmer und glücklicher Gedanke hatte sich in ihm festgesetzt.

Am Nachmittag ging er zum Schloß, blieb draußen stehen und ließ Camilla holen. Während er wartete, erschien Victoria für einen Augenblick in einem Fenster in der oberen Etage; sie starrte auf ihn herunter, drehte sich um und verschwand im Zimmer.

Camilla kam, er führte sie zum Steinbruch und zur Höhle. Er fühlte sich ungewöhnlich ruhig und glücklich, das junge Mädchen zerstreute ihn, ihre hellen, leichten Worte umflatterten ihn wie kleine Wohltaten. Heute waren die guten Geister nahe...

Ich erinnere mich, Camilla, daß Sie mir einmal einen Dolch geschenkt haben. Er hatte eine Scheide aus Silber.

Ich habe ihn mit anderen Sachen in eine Kiste gelegt; denn ich hatte keine Verwendung für ihn.

Nein, Sie hatten keine Verwendung für ihn, aber was weiter?

Nun, jetzt habe ich ihn verloren.

Ach, wie schade. Aber vielleicht finde ich irgendwo einen ähnlichen für Sie. Ich will es versuchen.

Sie gingen heimwärts.

Und erinnern Sie sich an das große Medaillon, das Sie mir einmal gaben. Es war ganz dick und schwer und aus Gold und stand auf einem Ständer. Sie hatten ein paar freundliche Worte hineingeschrieben.

Ja, ich erinnere mich.

Ich habe das Medaillon im vorigen Jahr im Ausland weggegeben, Camilla.

Ach nein! Sie haben es weggegeben! Warum?

Ein junger Kamerad hat es zur Erinnerung bekommen. Er war Russe. Er fiel auf die Knie und dankte mir dafür.

So sehr hat er sich gefreut? Mein Gott, ich bin sicher, daß er sich maßlos gefreut hat, wenn er auf die Knie fiel. Sie sollen ein anderes Medaillon bekommen, für Sie selbst.

Sie waren auf den Weg von der Mühle zum Schloß gekommen.

Johannes blieb stehen und sagte:

Hier bei diesem Gebüsch habe ich einmal etwas erlebt. Ich kam eines Abends hier vorbei, wie so oft damals in meiner Einsamkeit, es war Sommer und klares Wetter. Ich legte mich hinter das Gebüsch und dachte nach. Da kamen zwei Menschen ruhig den Weg entlang. Die Dame blieb stehen. Ihr Begleiter fragte: Warum bleiben Sie stehen? Aber als er keine Antwort erhielt, fragte er noch einmal. Stimmt etwas nicht? Nein, antwortete sie; aber Sie dürfen mich nicht so ansehen. Ich habe Sie nur angeschaut, sagte er. Ja, erwidert sie, ich weiß wohl, daß Sie mich lieben, aber Papa würde es nicht zulassen, verstehen Sie; es ist unmöglich. Er murmelt: Ja, es ist wohl unmöglich. Da sagt sie: Sie sind so breit hier, an der Hand; Sie haben so merkwürdig breite Handgelenke! Und gleichzeitig faßt sie ihn am Handgelenk.

Pause.

Und wie ging es weiter? fragte Camilla.

Ich weiß es nicht, antwortete Johannes. Warum sagte sie das über seine Handgelenke?

Vielleicht waren sie schön. Und dann trug er ein weißes Hemd darüber, – o doch, das verstehe ich schon. Vielleicht hatte sie ihn auch lieb.

Camilla! sagte er, wenn ich Sie sehr lieb hätte und ein paar Jahre warten würde, ich frage nur ... Mit einem Wort, ich bin Ihrer nicht würdig; aber glauben Sie, daß Sie irgendwann einmal mein werden wollen, wenn ich Sie nächstes Jahr oder in zwei Jahren darum bitte?

Pause.

Camilla ist plötzlich blutrot und verwirrt, sie wendet ihren zarten Körper hin und her und legt die Hände zusammen. Er legt den Arm um sie und fragt:

Glauben Sie es, irgendwann? Wollen Sie es?

Ja, antwortet sie und läßt sich an ihn sinken.

Am nächsten Tag begleitet er sie zur Anlegebrücke. Er küßt ihre kleinen Hände mit dem kindlichen, unschuldigen Aussehen und ist voller Dankbarkeit und Freude.

Victoria war nicht mitgekommen.

Warum hat dich niemand begleitet?

Camilla erzählt mit erschrockenen Augen, das Schloß sei in furchtbarster Trauer. Heute morgen sei ein Telegramm gekommen, der Schloßherr sei leichenblaß geworden, der alte Kammerherr und die Frau Kammerherrin hätten vor Schmerz aufgeschrien, – Otto ist gestern abend auf der Jagd erschossen worden.

Johannes faßt Camillas Arm.

Tot? der Leutnant?

Ja. Sie sind mit der Leiche unterwegs. Es ist entsetzlich.

Sie gingen weiter, jeder in seine Gedanken vertieft; erst die Menschen auf der Brücke, das Schiff, die Kommandorufe weckten sie auf.

Camilla gab ihm schüchtern die Hand, er küßte sie und sagte: Ja, ja, ich bin deiner nicht würdig, Camilla, nein, in keiner Weise. Aber ich will dir soviel Gutes tun, wie ich kann, wenn du mein werden willst.

Ich will dein werden. Ich habe es immer gewollt, die ganze Zeit.

Ich komme in einigen Tagen nach, sagte er. In einer Woche sehe ich dich wieder.

Sie war an Bord. Er winkte ihr nach, winkte, so lange er sie erkennen konnte. Als er sich umdrehte, um nach Hause zu gehen, stand Victoria hinter ihm; auch sie hielt ihr Taschentuch in die Höhe und winkte Camilla.

Ich bin ein bißchen zu spät gekommen, sagte sie.

Er antwortete nicht. Was sollte er auch sagen? Sie wegen ihres Verlustes trösten, ihr gratulieren, ihr die Hand drükken? Ihre Stimme war so tonlos, und in ihrem Gesicht war so viel Verstörtheit, ein großes Erlebnis war darüber hinweggegangen.

Die Menschen verließen die Brücke.

Ihr Auge ist immer noch rot, sagte sie und begann gleichzeitig zu gehen. Sie sah sich nach ihm um.

Er stand da.

Da drehte sie sich auf der Stelle um und ging zu ihm.

Otto ist tot, sagte sie hart, und ihre Augen brannten. Sie sagen kein Wort, Sie sind so überlegen. Er war hunderttausendmal besser als Sie, hören Sie. Wissen Sie, wie er gestorben ist? Er wurde erschossen, der ganze Kopf wurde in Stücke gerissen, sein ganzer kleiner, dummer Kopf. Er war hunderttausend ...

Sie brach in Schluchzen aus und machte sich mit langen, verzweifelten Schritten auf den Heimweg.

Spät am Abend wird beim Müller angeklopft; Johannes öffnet die Tür und schaut hinaus; Victoria stand draußen und winkte ihm. Er geht mit ihr. Sie nimmt heftig seine Hand und zieht ihn auf den Weg; ihre Hand ist eiskalt.

Setzen Sie sich lieber, sagte er. Setzen Sie sich und ruhen Sie sich ein wenig aus; Sie sind sehr erschöpft.

Sie setzen sich.

Sie murmelt:

Was müssen Sie von mir glauben, daß ich Sie niemals in Ruhe lassen kann!

Sie sind sehr unglücklich, erwidert er. Hören Sie jetzt auf mich und kommen Sie zur Ruhe, Victoria. Kann ich Ihnen irgendwie helfen?

Sie müssen mir um Gottes willen verzeihen, was ich heute gesagt habe! bat sie. Ja, ich bin sehr unglücklich, bin viele Jahre lang unglücklich gewesen. Ich habe gesagt, er sei hunderttausendmal besser als Sie; das ist nicht wahr, verzeihen Sie mir! Er ist tot, und er war mein Verlobter, das ist alles. Glauben Sie, es war mit meinem Willen? Johannes, sehen Sie das hier? Es ist mein Verlobungsring, ich habe ihn vor langer, sehr langer Zeit bekommen; jetzt werfe ich ihn weg – werfe ihn weg. Und sie wirft den Ring in den Wald; sie hörten beide, wie er fiel. Papa hat es gewollt. Papa ist arm, bettelarm, und Otto sollte einmal soviel Geld bekommen. Du mußt es tun, sagte Papa zu mir. Ich will nicht, antwortete ich. Denke an deine Eltern, sagte er, denke an das Schloß, unseren alten Namen, an meine Ehre. Ja, dann will ich es, antwortete ich, warte noch drei Jahre, aber ich will es. Papa dankte mir und wartete, Otto wartete, alle warteten; aber den Ring bekam ich gleich. Dann verging eine lange Zeit, und ich sah, daß mir nichts half. Warum sollen wir noch warten? komm jetzt mit meinem Mann, sagte ich zu Papa. Gott segne dich, sagte er und dankte mir noch einmal für das, was ich tun wollte. Dann kam Otto. Ich nahm ihn nicht auf der Brücke in Empfang, ich stand an meinem Fenster und sah ihn im Wagen kommen. Da lief ich zu Mama und warf mich vor ihr auf die Knie. Was hast du, mein Kind? fragt sie. Ich kann nicht, antworte ich, nein, ich kann ihn nicht nehmen, er ist da, er steht unten; aber lieber laßt uns mein Leben versichern, dann komme ich in der Bucht oder am Wasserfall um, das ist besser für mich. Mama wird leichenblaß und weint über mich. Papa kommt. Nun, nun, liebe Victoria, sagt er, du mußt herunterkommen und ihn empfangen. Ich kann nicht, ich kann nicht, antworte ich und wiederhole meine Worte, er möge Erbarmen haben und mein Leben versichern. Papa antwortet kein Wort, er setzt sich auf einen Stuhl und beginnt zu zittern und nachzudenken. Als ich das sehe, sage ich: Bring mir meinen Mann, ich nehme ihn.

Victoria hält inne. Sie bebt. Johannes nimmt auch ihre andere Hand und wärmt sie.

Danke, sagt sie. Johannes, seien Sie so gut und halten Sie meine Hand ganz fest! Seien Sie so gut! Mein Gott, wie warm Sie sind! Ich bin Ihnen so dankbar. Aber was ich auf der Brücke gesagt habe, müssen Sie mir verzeihen.

Ja, das ist längst vergessen. Wollen Sie, daß ich einen Schal für Sie hole?

Nein, danke. Aber ich begreife nicht, daß ich zittere, denn mein Kopf ist so heiß. Johannes, ich müßte Sie für so vieles um Verzeihung bitten...

Nein, nein, tun Sie es nicht. So, nun werden Sie ruhiger. Sitzen Sie still.

Sie haben eine Rede gehalten, auf mich. Ich war außer mir von dem Augenblick an, als Sie aufstanden, und bis Sie sich wieder setzten; ich hörte nur Ihre Stimme. Sie war wie eine Orgel, und es machte mich verzweifelt, daß sie mich so betörte. Papa fragte mich, warum ich geschrien und Sie unterbrochen hätte; es war ihm sehr peinlich. Aber Mama fragte mich nicht, sie verstand es. Ich hatte Mama alles gesagt, vor vielen Jahren, und vor zwei Jahren habe ich es wiederholt, als ich aus der Stadt zurückkam. Damals, als ich Sie getroffen hatte.

Sprechen wir nicht darüber.

Nein, aber vergeben Sie mir, hören Sie, seien Sie barmherzig! Was in aller Welt soll ich tun? Jetzt ist Papa zu Hause in seinem Arbeitszimmer und geht auf und ab, es ist so entsetzlich für ihn. Morgen ist Sonntag; er hat angeordnet, daß alle Leute frei haben sollen; es ist das einzige, was er heute angeordnet hat. Sein Gesicht ist grau, und er sagt nichts, so wirkt es auf ihn, daß sein Schwiegersohn tot ist. Ich habe Mama gesagt, daß ich zu Ihnen gehe. Wir beide, antwortete sie, du und ich, wir müssen morgen mit dem

Kammerherrn und seiner Frau in die Stadt fahren. Ich gehe zu Johannes, wiederholte ich. Papa kann kein Geld für uns alle drei auftreiben, er wird hierbleiben, antwortete sie und sprach ständig von anderen Dingen. Da ging ich zur Tür. Mama sah mich an. Jetzt gehe ich zu ihm, sagte ich zum letztenmal. Mama folgte mir zur Tür, küßte mich und sagte: Ja, ja, Gott segne euch!

Johannes ließ ihre Hände los und sagte:

So, nun sind Sie warm.

Tausend Dank, ja, jetzt bin ich sehr warm... Gott segne euch, sagte sie. Ich habe Mama alles gesagt, sie wußte es die ganze Zeit. Aber liebes Kind, wen liebst du denn? fragte sie. Fragst du das noch? antwortete ich; Johannes liebe ich, nur ihn habe ich mein Leben lang geliebt, geliebt, geliebt...

Er machte eine Bewegung.

Es ist spät. Wird man zu Hause nicht Angst um Sie haben?

Nein, antwortete sie. Sie wissen, daß ich Sie liebe, Johannes, das haben Sie doch gesehen? Ich habe mich in diesen Jahren so sehr nach Ihnen gesehnt, daß niemand, niemand es begreifen kann. Ich bin diesen Weg entlanggegangen und habe gedacht: jetzt gehe ich lieber ein bißchen im Wald, neben dem Weg; denn dort ist auch *er* am liebsten gegangen. Und das tue ich dann. An dem Tag, als ich hörte, daß Sie gekommen seien, zog ich mich hell an, hellgelb, ich war krank vor Spannung und Sehnsucht und lief ständig hinaus und hinein. Wie du heute strahlst! sagte Mama. Ich sagte die ganze Zeit zu mir selbst: nun ist er nach Hause gekommen! Er ist herrlich, und er ist wieder da, herrlich und wieder da! Am nächsten Tag hielt ich es nicht mehr aus, ich zog mich wieder hell an und ging in den Steinbruch hinauf, um Ihnen zu begegnen. Erinnern Sie sich? Ich traf Sie auch, aber ich pflückte keine Blumen, wie ich sagte, und ich war auch nicht deswegen gekommen. Sie freuten sich nicht mehr darüber, mich wiederzusehen; trotzdem danke ich Ihnen, daß ich Sie traf. Fast drei Jahre hatte ich Sie nicht gesehen. Sie hielten einen Zweig in der Hand und spielten mit ihm, als ich kam; als Sie gegangen waren, hob ich den Zweig auf und versteckte ihn und nahm ihn mit nach Hause...

Ja, aber Victoria, sagte er mit zitternder Stimme, jetzt dürfen Sie so etwas nicht mehr zu mir sagen.

Nein, antwortete sie ängstlich und ergriff seine Hand. Nein, das darf ich nicht. Nein, Sie wollen es wohl nicht. Sie begann nervös, seine Hand zu streicheln. Nein, denn ich kann nicht erwarten, daß Sie es wollen. Und außerdem habe ich Ihnen sehr weh getan. Glauben Sie nicht, daß Sie es mir mit der Zeit verzeihen können?

Doch, doch, alles. Das ist es nicht.

Was ist es denn?

Pause.

Ich bin verlobt, antwortete er.

X

Am nächsten Tag – Sonntag – kam der Schloßherr persönlich zum Müller und bat ihn, mittags zu kommen und die Leiche des Leutnants Otto zum Dampfschiff zu fahren. Der Müller verstand ihn nicht und starrte ihn an; der Schloßherr aber erklärte kurz, seine Leute hätten alle freibekommen, sie seien in die Kirche gegangen, von den Dienern sei keiner da.

Der Schloßherr hatte anscheinend in der Nacht nicht geschlafen, er sah aus wie ein Toter und war auch nicht rasiert. Er schwang seinen Spazierstock jedoch in der gewohnten Weise und hielt sich gerade.

Der Müller zog seine beste Jacke an und machte sich auf den Weg. Nachdem er die Pferde angespannt hatte, half ihm der Schloßherr selbst, die Leiche zum Wagen hinauszutragen. Alles ging still, fast geheimnisvoll vor sich, niemand war da, der es sah.

Der Müller fuhr los, zur Brücke. Es folgten der Kammerherr und Frau Kammerherrin, außerdem die Schloßherrin und Victoria. Sie gingen alle zu Fuß. Der Schloßherr blieb allein auf der Treppe zurück und grüßte mehrmals; der Wind zauste sein graues Haar.

Als die Leiche an Bord gebracht war, bestieg das Gefolge das Schiff. Von der Reling aus rief die Schloßherrin dem Müller an Land zu, er solle den Schloßherrn grüßen, und auch Victoria bat ihn darum.

Dann dampfte das Schiff ab. Der Müller blieb lange stehen und sah ihm nach. Es wehte heftig, und die Bucht war aufgewühlt; erst nach einer Viertelstunde verschwand das Schiff hinter den Inseln. Der Müller fuhr zurück.

Er brachte die Pferde in den Stall, gab ihnen Futter und wollte ins Haus gehen und dem Schloßherrn die Grüße überbringen. Es zeigte sich aber, daß die Küchentür verschlossen war. Er ging um das Haus herum und wollte zum Haupteingang hineingehen; auch die Haupttür war verschlossen. Es ist Mittag, und der Schloßherr schläft, dachte er. Da er aber ein genauer Mann war und ausrichten wollte, was ihm aufgetragen worden war, ging er hinunter in die Gesindestube, um zu sehen, ob er jemandem die Grüße übertragen konnte. In der Gesindestube war niemand. Er ging wieder hinaus, suchte überall und kam sogar in das Zimmer der Mädchen. Auch dort war niemand. Der ganze Hof war ausgestorben.

Er wollte gerade wieder hinausgehen, da sah er den Schein eines Lichts im Keller des Schlosses. Er blieb stehen. Durch die kleinen, vergitterten Fenster erkannte er deutlich einen Mann, der mit einer Kerze in einer Hand und einem roten, seidengepolsterten Stuhl in der anderen in den Keller kam. Es war der Schloßherr. Er war rasiert und trug einen Frack, wie zum Fest. Ich kann ans Fenster klopfen und ihn von der gnädigen Frau grüßen, dachte der Müller, blieb jedoch stehen.

Der Schloßherr blickte sich um, leuchtete umher, blickte sich wieder um. Er zog einen Sack hervor, der mit Heu oder Stroh gefüllt zu sein schien, und legte ihn vor die Eingangstür. Dann goß er aus einer Kanne eine Flüssigkeit auf den Sack. Danach brachte er Kisten, Stroh und eine weggeworfene Blumentreppe zur Tür und übergoß alles mit der Kanne; der Müller bemerkte, daß er darauf achtete, seine Hände und seinen Anzug nicht zu beschmutzen. Er nahm den kleinen Kerzenstummel und stellte ihn oben auf den Sack, dann umgab er ihn vorsichtig mit Stroh. Dann setzte der Schloßherr sich auf den Stuhl.

Der Müller starrte mit zunehmender Bestürzung auf diese Vorbereitungen, sein Blick war wie an das Kellerfenster genagelt, und eine düstere Ahnung befiel ihn. Der Schloßherr saß ganz ruhig auf dem Stuhl und betrachtete die Kerze, die weiter und weiter herunterbrannte; er hatte die Hände gefaltet. Der Müller sieht, wie er ein Staubkorn von seinem schwarzen Frackärmel schnippt und wieder die Hände faltet.

Da stößt der alte, entsetzte Müller einen Schrei aus.

Der Schloßherr wendet den Kopf und sieht durchs Fenster hinaus. Plötzlich springt er auf und kommt ans Fenster, wo er stehenbleibt und hinausstarrt. Es war ein Blick, in den das Leid der ganzen Welt gemalt war. Sein Mund ist grotesk verzerrt, er streckt beide geballten Fäuste zum Fenster aus, drohend, stumm; schließlich droht er nur mit einer Hand und geht rückwärts in den Keller zurück. Als er an den Stuhl stieß, fiel die Kerze um. Im selben Augenblick schlug eine gewaltige Flamme empor.

Der Müller schreit und rennt los. Er läuft einen Augenblick lang besinnungslos vor Angst auf dem Hof umher und weiß keinen Rat. Er läuft zum Kellerfenster, tritt die Scheiben ein und ruft; dann bückt er sich, packt die Eisengitter mit den Fäusten und rüttelt an ihnen, biegt sie auseinander, reißt sie heraus.

Da hört er eine Stimme aus dem Keller, eine Stimme ohne Worte, ein Stöhnen wie von einem Toten aus der Erde, sie ertönt zweimal, und entsetzt ergreift der Müller die Flucht, weg von dem Fenster, über den Hof, auf den Weg hinunter und nach Hause. Er wagte nicht, sich umzusehen.

Als er einige Minuten später mit Johannes zurückkam, stand das ganze Schloß, das alte, große Holzgebäude, in hellen Flammen. Auch einige Männer von der Anlegebrücke waren hinzugekommen; doch auch sie konnten nichts tun. Alles war verloren.

Der Mund des Müllers aber war stumm wie das Grab.

XI

Fragt einer, was die Liebe sei, so ist sie nichts als ein Wind, der in den Rosen rauscht und sich dann wieder legt. Oft aber ist sie auch wie ein unaufbrechbares Siegel, das ein Leben lang hält, bis zum Tod. Gott hat sie verschieden gemacht und hat sie bleiben und vergehen sehen.

Zwei Mütter gehen einen Weg entlang und unterhalten sich. Eine trägt ein frohes, blaues Kleid, weil ihr Liebhaber zurückgekommen ist von einer Reise. Die andere ist in Trauer. Sie hatte drei Töchter, zwei dunkel, die dritte blond, und die blonde ist gestorben. Es ist zehn Jahre her, zehn volle Jahre, und doch ist die Mutter in Trauer um sie.

Es ist so herrlich heute! jubelt die blaugekleidete Mutter und klatscht in die Hände. Die Wärme berauscht mich, die Liebe berauscht mich, ich bin voller Glück. Ich könnte mich hier auf dem Weg nackt ausziehen und meine Arme zur Sonne strecken und ihr Küsse senden.

Die Schwarzgekleidete aber ist still und lächelt nicht und antwortet nicht.

Trauerst du noch immer um dein kleines Mädchen? fragt die Blaue in der Unschuld ihres Herzens. Liegt ihr Tod nicht zehn Jahre zurück?

Die Schwarze erwidert:

Ja. Jetzt wäre sie fünfzehn Jahre alt.

Da sagt die Blaue, um sie zu trösten:

Aber du hast andere Töchter, die leben, zwei sind dir geblieben.

Die Schwarze schluchzt:

Ja. Aber keine von ihnen ist blond. Die, die gestorben ist, war so blond.

Und die beiden Mütter gehen auseinander, jede ihres Weges, jede mit ihrer Liebe …

Diese beiden dunklen Töchter aber hatten auch jede ihre Liebe, und sie liebten denselben Mann.

Er kam zu der älteren und sagte:

Ich möchte Sie um einen guten Rat bitten, ich liebe Ihre Schwester. Ich bin ihr gestern untreu gewesen, sie überraschte mich, als ich Ihr Dienstmädchen auf dem Flur küßte; sie schrie leise auf, es war ein Wimmern, und ging vorbei. Was soll ich tun? Ich liebe Ihre Schwester, sprechen Sie um Himmels willen mit ihr, und helfen Sie mir!

Und die ältere wurde blaß und griff sich ans Herz; aber sie lächelte, als wolle sie ihn segnen, und antwortete:

Ich werde Ihnen helfen.

Tags darauf ging er zu der jüngeren und warf sich vor ihr auf die Knie und gestand ihr seine Liebe.

Sie musterte ihn von oben bis unten und antwortete:

Ich kann leider nicht mehr als ein Zehnkronenstück entbehren, wenn Sie das meinen. Aber gehen Sie zu meiner Schwester, die hat mehr.

Damit verließ sie ihn erhobenen Hauptes.

Als sie aber in ihre Kammer kam, warf sie sich zu Boden und rang die Hände vor Liebe.

Es ist Winter und kalt auf der Straße, Nebel, Staub und Wind. Johannes ist wieder in der Stadt, in seinem alten Zimmer, wo er das Scharren der Pappeln an der Holzwand hört und wo er vom Fenster aus manches Mal den dämmernden Tag begrüßt hat. Jetzt ist die Sonne fort.

Die ganze Zeit hatte ihn seine Arbeit abgelenkt, die großen Bögen, die er beschrieb und die mehr und mehr wurden, je weiter der Winter fortschritt. Es war eine Reihe von Märchen aus dem Land seiner Phantasie, eine endlose, sonnenrote Nacht.

Doch die Tage waren unterschiedlich, die guten wechselten mit schlechten ab, und manchmal, wenn die Arbeit gerade gut voranging, überfielen ihn ein Gedanke, zwei Augen, ein Wort von früher und löschten seine Stimmung plötzlich aus. Dann stand er auf und begann, in seinem Zimmer von Wand zu Wand zu gehen; er hatte es oft getan, auf dem Fußboden war eine weiße Spur ausgetreten, und die Spur wurde täglich weißer...

Heute, da mich die Erinnerungen nicht arbeiten, denken, zur Ruhe kommen lassen, will ich niederschreiben, was ich eines Nachts erlebt habe. Lieber Leser, heute ist ein so schrecklicher Tag für mich. Draußen schneit es, die Straße ist fast menschenleer, alles ist traurig, und meine Seele ist so entsetzlich leer. Ich bin auf der Straße und jetzt stundenlang hier in meinem Zimmer auf und ab gegangen und habe versucht, mich ein wenig zu sammeln; jetzt ist es Nachmittag, aber es ist nicht besser geworden. Warm sollte ich sein und bin doch kalt und bleich wie ein abgebrannter Tag. Lieber Leser, in dieser Verfassung will ich versuchen, von einer hellen und spannenden Nacht zu schreiben. Denn die Arbeit zwingt mich zur Ruhe, und in einigen Stunden bin ich vielleicht wieder froh...

Es klopft an die Tür, und Camilla Seier, seine junge, heimliche Verlobte tritt zu ihm ein. Er legt die Feder aus der Hand und steht auf. Sie lächeln beide und begrüßen sich.

Du fragst gar nicht nach dem Ball, sagt sie sofort und wirft sich in einen Sessel. Ich habe keinen Tanz ausgelassen. Es ging bis drei Uhr. Ich habe mit Richmond getanzt.

Er antwortete:

Danke, daß du gekommen bist, Camilla. Ich bin so schrecklich traurig, und du bist so froh; das wird mir helfen. Was hattest du für ein Kleid an auf dem Ball?

Ein rotes natürlich. Ach Gott, ich weiß es nicht mehr genau, aber ich muß viel geredet, viel gelacht haben. Es war hinreißend. Doch, ein rotes Kleid, keine Ärmel, keine Spur von Ärmeln. Richmond ist an der Gesandtschaft in London.

Ach so.

Seine Eltern sind Engländer, aber er ist hier geboren. Was ist mit deinen Augen? Sie sind so rot. Hast du geweint?

Nein, erwidert er und lacht; ich habe in meine Märchen gestarrt, in denen ist so viel Sonne. Camilla, sei so gut, reiß das Papier da nicht noch mehr entzwei.

Mein Gott, ich bin ganz in Gedanken. Entschuldige, Johannes.

Nicht so schlimm; es sind nur ein paar Notizen. Aber hör zu: Du hattest doch sicher eine Rose im Haar?

Aber ja. Eine rote Rose; sie war fast schwarz. Weißt du, Johannes, wir könnten unsere Hochzeitsreise nach London machen. Es ist dort gar nicht so gräßlich, wie gesagt wird, und es ist reine Erfindung, daß es so neblig ist.

Wer sagt das?

Richmond. Heute nacht hat er es gesagt, und er weiß es. Du kennst doch Richmond?

Nein, ich kenne ihn nicht. Er hat einmal eine Rede auf mich gehalten; er hatte Diamantknöpfe am Hemd. Das ist alles, was ich noch von ihm weiß.

Er ist ganz entzückend. Oh, wie er zu mir kam und sich verbeugte und sagte: Sie werden mich wohl nicht wiedererkennen, Fräulein... Du, ich habe ihm die Rose gegeben.

Wirklich? Welche Rose?

Die ich im Haar hatte. Ich habe sie ihm gegeben.

Dieser Richmond hat dich wohl sehr beeindruckt.

Sie wird rot und verteidigt sich eifrig:

Ganz und gar nicht. Man kann jemanden gern haben, jemanden schätzen, ohne daß... Pfui, Johannes, bist du verrückt? Ich werde seinen Namen nie wieder erwähnen.

Mein Gott, Camilla, ich wollte nicht... du darfst wirklich nicht glauben... im Gegenteil, ich will mich bei ihm bedanken, daß er dich unterhalten hat.

Ja, das solltest du tun – dich trauen zu tun! Ich jedenfalls spreche im Leben kein Wort mehr mit ihm.

Pause.

Laß es gut sein, sagt er. Willst du schon gehen?

Ja, ich kann nicht länger bleiben. Wie weit bist du mit

deiner Arbeit? Mama hat danach gefragt. Stell dir vor, wochenlang habe ich Victoria nicht gesehen, und jetzt treffe ich sie wieder.

Jetzt?

Als ich hierher unterwegs war. Sie lächelte. Mein Gott, wie abgezehrt sie ist! Hör zu, kommst du nicht bald zu uns?

Doch, bald, antwortet er und springt auf. Eine Röte hat sich auf seinem Gesicht ausgebreitet. Vielleicht in den nächsten Tagen. Erst muß ich etwas schreiben, das mir eingefallen ist, einen Schluß für meine Märchen. Oh, ich werde etwas schreiben, schreiben! Stell dir die Erde von oben gesehen vor, als einen schönen und seltsamen Papstmantel. In den Falten gehen Menschen umher, paarweise, es ist Abend und still, die Stunde der Liebe. »Das Menschengeschlecht« soll es heißen. Ich glaube, es wird eindrucksvoll; ich habe diese Vision oft vor Augen gehabt, und jedesmal ist es, als wollte meine Brust zerspringen, und ich könnte die Erde umarmen. Da sind Menschen und Tiere und Vögel, und alle haben sie ihre Stunde der Liebe, Camilla. Eine Welle der Verzückung naht, die Augen werden feuriger, die Busen atmen. Dann steigt eine feine Röte aus der Erde auf; es ist die keusche Röte all der nackten Herzen, und die Nacht färbt sich rosenrot. Weit im Hintergrund aber liegen die großen, schlafenden Berge; sie haben nichts gesehen und nichts gehört. Und am Morgen breitet Gott seine warme Sonne über alles aus. »Das Menschengeschlecht« soll es heißen.

Ach.

Ja. Wenn ich damit fertig bin, komme ich. Danke, daß du hier gewesen bist, Camilla. Und denk nicht mehr an das, was ich gesagt habe. Es war nicht böse gemeint.

Ich weiß es gar nicht mehr. Aber seinen Namen erwähne ich nie wieder. Niemals.

Am nächsten Vormittag ist Camilla wieder da. Sie ist blaß und ungewöhnlich unruhig.

Was ist mit dir? fragt er.

Mit mir? Nichts, erwidert sie eilig. Ich habe *dich* lieb. Du darfst wirklich nicht glauben, daß etwas mit mir ist und daß ich dich nicht liebhabe. Hör zu, was ich mir überlegt habe; wir fahren nicht nach London. Was sollen wir da? Er wußte wahrscheinlich nicht, wovon er sprach, der Mann; es gibt da mehr Nebel, als er denkt. Du siehst mich an, warum? Ich habe seinen Namen ja gar nicht genannt. So ein Lügner, er hat mich vollgelogen, wir fahren nicht nach London.

Er schaut sie an, wird aufmerksam.

Nein, wir fahren nicht nach London, sagt er nachdenklich.

Nicht wahr! Das werden wir nicht tun. Hast du diese Sache über das Menschengeschlecht geschrieben? Gott, wie es mich interessiert. Nun mußt du recht bald damit fertig werden und zu uns kommen, Johannes. Die Stunde der Liebe, war es nicht so? Und ein hinreißender Papstmantel mit Falten, eine rosenrote Nacht, mein Gott, ich weiß noch genau, wie du es mir erzählt hast. Ich bin in der letzten Zeit nicht oft hiergewesen; aber von jetzt an komme ich jeden Tag, um zu hören, ob du fertig bist.

Ich bin bald fertig, sagt er und schaut sie immer noch an.

Ich habe heute deine Bücher genommen und in mein eigenes Zimmer gebracht. Ich will sie wiederlesen; mir wird nicht im geringsten langweilig werden, ich freue mich darauf. Hör, Johannes, sei so gut und bringe mich nach Hause, denn ich weiß nicht, ob der Weg nach Hause für mich ganz sicher ist. Ich weiß es nicht. Vielleicht steht draußen jemand und wartet auf mich; geht hin und her und wartet vielleicht. Ich glaube es fast... Plötzlich bricht sie in Weinen aus und stammelt: Ich habe ihn einen Lügner genannt, das wollte ich nicht. Es tut mir weh, daß ich das gesagt habe. Er hat mich nicht angelogen, im Gegenteil, er war die ganze Zeit... Am Dienstag werden wir Gäste haben, er soll aber nicht kommen, *du* sollst kommen, hörst du. Versprichst du es? Aber trotzdem wäre es mir lieber, wenn ich nicht schlecht von ihm geredet hätte. Ich weiß nicht, was du von mir denkst...

Er antwortete:
Ich beginne dich zu verstehen.
Sie wirft sich ihm an den Hals, schmiegt sich an seine Brust, zitternd und verwirrt.
Ja, aber dich habe ich auch lieb, ruft sie. Das mußt du mir glauben. Ich liebe nicht nur ihn, ganz so schlimm ist es nicht. Als du mich letztes Jahr fragtest, war ich so froh; aber dann ist er gekommen. Ich verstehe es nicht. Ist das sehr schlimm von mir, Johannes? Ich liebe ihn vielleicht ein kleines bißchen mehr als dich; ich kann es nicht ändern, es ist über mich gekommen. Ach Gott, ich habe nächtelang nicht mehr geschlafen, seit ich ihn gesehen habe, und ich liebe ihn mehr und mehr. Was soll ich tun? Du bist so viel älter, du mußt es sagen. Er hat mich her begleitet, er steht draußen und wartet, um mich wieder nach Hause zu bringen, vielleicht friert er jetzt. Verachtest du mich, Johannes? Ich habe ihn nicht geküßt, nein, das nicht, du mußt es mir glauben; nur meine Rose habe ich ihm gegeben. Warum antwortest du nicht, Johannes? Du mußt mir sagen, was ich tun soll, denn ich halte es nicht mehr aus.
Johannes saß ganz still und hörte ihr zu. Er sagte:
Ich habe nichts darauf zu antworten.
Danke, danke, lieber Johannes, es ist so lieb von dir, daß du nicht wütend auf mich bist, sagte sie und trocknete ihre Tränen. Aber du darfst nicht glauben, daß ich dich nicht auch liebhätte. Großer Gott, ich werde viel öfter zu dir kommen und alles tun, was du willst. Aber es ist einfach so, daß ich ihn lieber habe. Ich habe es nicht gewollt. Es ist nicht meine Schuld.
Er stand schweigend auf und sagte, als er sich den Hut aufgesetzt hatte:
Gehen wir?
Sie gingen die Treppe hinunter.
Draußen stand Richmond. Ein dunkelhaariger, junger Mann mit braunen Augen, in denen Jugend und Leben sprühten. Der Frost hatte seine Wangen rot gefärbt.
Ist Ihnen kalt? sagte Camilla und lief zu ihm.

Ihre Stimme bebte vor Bewegung. Plötzlich lief sie zu Johannes zurück, hängte sich in seinen Arm ein und sagte:

Entschuldige, daß ich dich nicht auch gefragt habe, ob du frierst. Du hast deinen Mantel nicht angezogen; soll ich hinaufgehen und ihn holen? Nein? Ja, aber knöpfe jedenfalls deine Jacke zu.

Sie knöpfte seine Jacke zu.

Johannes gab Richmond die Hand. Er war in einem seltsam abwesenden Zustand, als ginge ihn das, was hier geschah, eigentlich nichts an. Er lächelte unsicher, ein halbes Lächeln, und murmelte:

Freut mich, Sie wiederzusehen.

An Richmond war keine Schuld und keine Verstellung zu erkennen. Als er grüßte, huschte eine Freude des Wiedererkennens über sein Gesicht, und er zog tief seinen Hut.

Neulich habe ich ein Buch von Ihnen im Fenster eines Buchhändlers in London gesehen, sagte er. Es ist übersetzt worden. Ich habe mich gefreut, es dort liegen zu sehen, ein Gruß von zu Hause.

Camilla ging in der Mitte und sah abwechselnd zu ihnen auf. Schließlich sagte sie:

Du kommst also Dienstag, Johannes. Ja, entschuldige, daß ich nur an meine Angelegenheiten denke, fügte sie hinzu und lachte. Aber gleich darauf wandte sie sich reuevoll an Richmond und bat auch ihn zu kommen. Es sollten nur Bekannte kommen, Victoria und ihre Mutter seien auch eingeladen, außer ihnen sollte nur ein halbes Dutzend Menschen kommen.

Plötzlich blieb Johannes stehen und sagte:

Eigentlich kann ich genausogut wieder umkehren.

Auf Wiedersehen am Dienstag, antwortete Camilla.

Richmond nahm seine Hand und drückte sie aufrichtig.

So gingen die beiden jungen Menschen allein und glücklich ihres Weges.

XII

Die Mutter im blauen Kleid war in der schrecklichsten Spannung, sie erwartete jeden Augenblick ein Zeichen aus dem Garten, und der Weg war nicht frei, solange ihr Mann das Haus nicht verließ. Ach, dieser Mann, dieser Mann mit seinen vierzig Jahren und der Glatze! Welch unheimlicher Gedanke machte ihn heute abend so bleich und hielt ihn dort im Sessel fest, unerschütterlich, unerbittlich, und ließ ihn in die Zeitung starren?

Keine Minute hatte sie Ruhe; es war jetzt elf Uhr. Die Kinder hatte sie längst zur Ruhe gebracht; der Mann aber ging nicht. Was, wenn das Signal ertönte, die Tür mit dem kleinen, lieben Schlüssel geöffnet wurde – und zwei Männer aufeinandertrafen, sich von Angesicht zu Angesicht gegenüberstanden und anstarrten! Sie wagte den Gedanken nicht zu Ende zu denken.

Sie ging in die dunkelste Ecke des Zimmers, rang die Hände und sagte schließlich geradeheraus:

Es ist elf Uhr. *Wenn* du in den Klub willst, mußt du jetzt gehen.

Er stand plötzlich auf, noch bleicher als zuvor, und ging aus dem Zimmer, aus dem Haus.

Vor dem Garten bleibt er stehen und lauscht nach einem Pfeifen, einem kleinen Signal. Auf dem Kies sind Schritte zu hören, ein Schlüssel wird ins Haustürschloß gesteckt und umgedreht; – ein wenig später sind auf der Gardine des Wohnzimmers zwei Schatten zu erkennen.

Und er kannte das Signal, die Schritte und die beiden Schatten auf der Gardine, alles war ihm bekannt.

Er geht zum Klub. Er ist geöffnet, in den Fenstern ist Licht, doch er geht nicht hinein. Eine halbe Stunde lang wandert er in den Straßen und vor seinem Garten auf und ab, eine endlose halbe Stunde. Ich warte noch eine Viertelstunde, denkt er, und verlängert auf drei Viertelstunden. Dann betritt er den Garten, geht die Treppe hinauf und läutet an seiner eigenen Tür.

Das Mädchen kommt und öffnet, steckt den Kopf kaum aus der Tür heraus und sagt:

Die gnädige Frau ist längst ...

Da hält sie inne und sieht, wen sie vor sich hat.

Ja, ja, zur Ruhe gegangen, antwortet er. Sagen Sie der gnädigen Frau, ihr Mann sei nach Hause gekommen.

Und das Mädchen geht. Es klopft bei der gnädigen Frau an und spricht die Nachricht durch die geschlossene Tür:

Ich soll sagen, daß der Herr zurückgekommen ist.

Die Frau fragt von drinnen:

Was sagst du, der Herr ist zurückgekommen? Von wem sollst du das sagen?

Von ihm selbst. Er steht draußen.

Da ertönt ein ratloses Jammern aus dem Zimmer der gnädigen Frau; eifriges Flüstern, eine Tür geht auf und wird wieder geschlossen. Dann wird alles still.

Und der Herr kommt herein. Die Frau tritt ihm entgegen, den Tod im Herzen.

Der Klub war geschlossen, sagt er sofort aus Barmherzigkeit. Ich habe das Mädchen geschickt, um dir keine Angst zu machen.

Sie sinkt auf einen Stuhl, getröstet, befreit, gerettet. In dieser glückseligen Stimmung strömt ihr gutes Herz über, und sie fragt den Mann nach seinem Befinden:

Du bist so blaß. Fehlt dir etwas, Lieber?

Ich friere nicht, erwidert er.

Aber ist dir etwas zugestoßen? Dein Gesicht ist so seltsam verzogen.

Der Mann antwortet:

Nein, ich lächle. Das soll meine Art zu lächeln sein. Ich will, daß diese Grimasse meine Besonderheit ist.

Sie hört diese kurzen, heiseren Worte und versteht sie nicht, begreift sie überhaupt nicht. Was meint er nur?

Plötzlich aber umschlingt er sie mit seinen Armen, eisenhart, mit fürchterlicher Kraft, und flüstert ihr dicht ins Gesicht:

Was meinst du, sollen wir ihm Hörner aufsetzen... dem, der eben gegangen ist... sollen wir ihm Hörner aufsetzen?

Sie schreit auf und ruft nach dem Mädchen. Er läßt sie los mit einem ganz stillen, trockenen Lachen, wobei er den Mund wie einen Schlund aufsperrt und sich auf beide Schenkel klopft.

Am Morgen gewinnt das gute Herz der Frau wieder die Oberhand, und sie sagt zu ihrem Mann:

Du hattest gestern abend einen seltsamen Anfall; er ist jetzt vorbei; aber du bist immer noch blaß.

Ja, antwortet er, in meinem Alter ist es anstrengend, geistreich zu sein. Ich werde es in Zukunft lassen.

Nachdem er aber von verschiedenen Arten der Liebe gesprochen hat, erzählt Munken Vendt noch von einer anderen und sagt:

So berauschend aber ist eine besondere Art der Liebe!

Die jungen Herrschaften sind gerade nach Hause gekommen, ihre lange Hochzeitsreise ist beendet, und sie begeben sich zur Ruhe.

Eine Sternschnuppe verglühte über ihrem Dach.

Im Sommer gingen die jungen Herrschaften spazieren und wichen nicht voneinander. Sie pflückten gelbe, rote und blaue Blumen, die sie einander gaben, sahen, wie sich das Gras im Wind bewegte, und hörten die Vögel in den Wäldern singen, und jedes Wort, das sie sprachen, war wie eine Liebkosung. Im Winter fuhren sie mit Schellen an den Pferden, und der Himmel war blau, und hoch oben auf den unendlichen Ebenen rauschten die Sterne dahin.

So vergingen viele, viele Jahre. Die jungen Herrschaften

bekamen drei Kinder, und ihre Herzen liebten einander wie am ersten Tag beim ersten Kuß.

Da wird der stolze Herr von einer Krankheit befallen, einer Krankheit, die ihn lange ans Bett fesselte und die Geduld seiner Frau auf eine schwere Probe stellte. An dem Tag, als er gesund wurde und aufstand, erkannte er sich nicht wieder; die Krankheit hatte ihn entstellt und ihm sein Haar geraubt.

Er litt und grübelte. Eines Morgens sagte er:

Jetzt liebst du mich wohl nicht mehr?

Seine Frau aber umarmte ihn errötend und küßte ihn so leidenschaftlich wie im Frühling der Jugend und erwiderte:

Ich liebe dich, liebe dich immer. Ich vergesse nicht, daß du mich und keine andere genommen hast und daß ich so glücklich geworden bin.

Und sie ging in ihre Kammer und schnitt all ihr blondes Haar ab, um ihrem Mann gleich zu sein, den sie liebte.

Und wieder vergingen viele, viele Jahre, die jungen Herrschaften wurden alt, und ihre Kinder waren erwachsen. Alles Glück teilten sie, wie früher; im Sommer gingen sie wie immer über die Felder und sahen das wogende Gras, und im Winter hüllten sie sich in ihre Pelze und fuhren unter dem Sternenhimmel dahin. Und ihre Herzen waren noch immer warm und froh wie von einem wunderbaren Wein.

Da wurde die Frau lahm. Die alte Frau konnte nicht mehr auf ihren Füßen gehen, sie mußte in einem Stuhl mit Rädern gezogen werden, und der Herr zog sie selbst. Die Frau aber litt so unsäglich an ihrem Unglück, und ihr Gesicht bekam tiefe Falten vor Trauer.

Da sagte sie eines Tages:

Nun möchte ich sterben. Ich bin so lahm und häßlich, und dein Gesicht ist so schön, du kannst mich nicht mehr küssen, und du kannst mich nicht mehr lieben wie früher.

Der Herr aber umarmt sie, rot vor Bewegung, und antwortet:

Ich liebe dich mehr als mein Leben, du Liebe, liebe dich wie am ersten Tag, in der ersten Stunde, als du mir die Rose gabst. Erinnerst du dich? Du hast mir die Rose gegeben und mich mit deinen schönen Augen angesehen; die Rose duftete wie du, du wurdest rot wie sie, und alle meine Sinne waren berauscht. Aber noch mehr liebe ich dich jetzt, du bist schöner als in deiner Jugend, und mein Herz dankt und segnet dich für jeden Tag, den du mein gewesen bist.

Der Herr geht in seine Kammer, gießt sich Säure ins Gesicht, um es zu entstellen, und sagt zu seiner Frau:

Ich hatte das Unglück, Säure ins Gesicht zu bekommen, meine Wangen sind voller Brandwunden, du liebst mich wohl nicht mehr?

Oh, du mein Bräutigam, mein Geliebter! stammelt die alte Frau und küßt seine Hände. Du bist der schönste Mann auf der Welt, deine Stimme läßt mein Herz immer noch heiß werden, und ich liebe dich bis zum Tod.

XIII

Johannes begegnet Camilla auf der Straße; sie ist mit ihrer Mutter, ihrem Vater und dem jungen Richmond zusammen; sie halten ihren Wagen an und sprechen freundlich mit ihm.

Camilla faßt ihn am Arm und sagt:

Du bist nicht zu uns gekommen. Es war ein großes Fest, sage ich dir; wir haben bis zuletzt auf dich gewartet, aber du bist nicht gekommen.

Ich war verhindert, antwortete er.

Entschuldige, daß ich seitdem nicht bei dir gewesen bin, fuhr sie fort. Aber in den nächsten Tagen, wenn Richmond abgereist ist, komme ich, ganz bestimmt. Ach, war das ein Fest! Victoria wurde krank, sie wurde nach Hause gefahren, hast du es gehört? Ich besuche sie demnächst. Es geht ihr bestimmt schon viel besser, vielleicht ist sie wieder ganz gesund. Ich habe Richmond ein Medaillon verehrt, fast genauso eines wie deins. Hör zu, Johannes, du mußt mir versprechen, auf deinen Ofen zu achten; wenn du schreibst, vergißt du alles, und es wird eiskalt bei dir. Dann mußt du nach dem Mädchen läuten.

Ja, ich werde nach dem Mädchen läuten, antwortete er.

Auch Frau Seier sprach mit ihm, fragte nach seiner Arbeit, nach der Geschichte über das Menschengeschlecht; wie ging es? Sie erwartete mit Sehnsucht sein nächstes Werk.

Johannes gab die nötigen Antworten, grüßte sehr tief

und sah den Wagen wegfahren. Wie wenig ihn das alles anging, dieser Wagen, diese Menschen, dieses Gerede! Eine leere und kalte Stimmung überkam ihn und begleitete ihn auf dem ganzen Heimweg. Vor seiner Tür ging ein Mann auf der Straße auf und ab, ein alter Bekannter, der ehemalige Hauslehrer vom Schloß.

Johannes begrüßte ihn.

Er trug einen langen, warmen Mantel, der sorgfältig gebürstet war, und seine Miene war keck und bestimmt.

Sie sehen Ihren Freund und Kollegen vor sich, sagte er. Reichen Sie mir Ihre Hand, junger Mann. Gott hat mich seit unserer letzten Begegnung seltsame Wege geführt, ich bin verheiratet, habe ein Heim, einen kleinen Garten, eine Frau. Es geschehen Wunder im Leben. Haben Sie etwas zu meiner letzten Bemerkung zu sagen?

Johannes sieht ihn erstaunt an.

Also akzeptiert. Ja, sehen Sie, ich habe ihrem Sohn Unterricht gegeben. Sie hat einen Sohn, der Sprößling ist aus der ersten Ehe; sie ist natürlich schon einmal verheiratet gewesen, sie war Witwe. Ich habe also eine Witwe geheiratet. Sie mögen einwenden, das sei mir nicht an der Wiege gesungen worden; ich habe jedoch eine Witwe geheiratet. Den Sprößling hatte sie bereits. Ich bin dort und sehe den Garten und die Witwe und mache mir diesbezüglich eine Zeitlang intensive Gedanken. Plötzlich hab' ich's, und ich sage zu mir: gut, an der Wiege ist es dir nicht gesungen worden und so weiter; aber ich tue es trotzdem, ich schlage zu, denn so wird es wohl in den Sternen geschrieben stehen. Sehen Sie, so kam es.

Gratuliere! sagte Johannes.

Halt! kein Wort mehr! Ich weiß, was Sie sagen wollen. Und sie, die erste, wollen Sie sagen, haben Sie die ewige Liebe Ihrer Jugend vergessen? Genau das wollen Sie sagen. Darf ich dann meinerseits fragen, Verehrtester, was aus meiner ersten, einzigen und ewigen Liebe geworden ist? Hat sie einen Hauptmann der Artillerie genommen oder nicht? Im übrigen möchte ich Ihnen noch eine kleine Frage stellen: Haben Sie irgendwann, haben Sie jemals erlebt, daß ein Mann die bekommen hätte, die er haben sollte? Ich nicht. Die Legende spricht von einem Mann, den Gott in diesem Punkt erhörte, er bekam seine erste und einzige Liebe. Das brachte ihm allerdings keine Freuden. Warum nicht? fragen Sie wieder, und sehen Sie, ich antworte Ihnen: Nein, aus dem kleinen Grund, weil sie gleich darauf starb – *gleich* darauf, verstehen Sie, hahaha, augenblicklich danach. So ist es immer. Natürlich bekommt man die Frau nicht, die man haben sollte; geschieht es aber doch ein einziges Mal, weil es nur verdammt recht und billig ist, dann stirbt sie gleich darauf. Immer gibt es Fisimatenten. Und so ist der Mann darauf angewiesen, sich eine passable andere Liebe zu verschaffen, und wegen dieser Veränderung braucht er nicht zu sterben. Ich sage Ihnen, die Natur hat es so weise eingerichtet, daß er es sehr gut aushält. Schauen Sie nur mich an.

Johannes sagte:

Ich sehe, es geht Ihnen gut.

Ausgezeichnet soweit. Hören, fühlen, sehen Sie! Ist etwa ein Meer der unerfreulichsten Sorgen über meine Person hingegangen? Ich habe Kleidung, Schuhe, Haus und Heim, Ehefrau, Kind – nun ja, den Sprößling also. Was ich sagen wollte, und bezüglich meiner Dichtungen, die Frage werde ich auf der Stelle beantworten. Oh, mein junger Kollege, ich bin älter als Sie und vielleicht von der Natur ein bißchen besser ausgestattet. Meine Dichtungen liegen in der Schublade. Sie sollen nach meinem Tod veröffentlicht werden. Dann haben Sie kein Vergnügen daran, werden Sie einwenden. Sie irren sich erneut, vorläufig erfreue ich nämlich mein Haus mit ihnen. Abends, wenn die Lampe brennt, schließe ich meine Schublade auf, nehme meine Gedichte heraus und lese sie meiner Frau und dem Sprößling vor. Sie ist vierzig, er ist zwölf, beide sind entzückt. Kommen Sie einmal zu uns, Sie werden ein Abendessen und Glühwein bekommen. Hiermit sind Sie eingeladen. Möge Gott Sie vom Tod erlösen.

Er reichte Johannes die Hand. Plötzlich fragte er:

Haben Sie von Victoria gehört?

Von Victoria? Nein. Doch, ich habe gehört, gerade eben, in diesem Augenblick...

Haben Sie nicht gesehen, daß sie kränklich war und unter den Augen immer grauer wurde?

Seit dem Frühjahr zu Hause habe ich sie nicht mehr gesehen. Ist sie immer noch krank?

Der Hauslehrer antwortete komisch hart und stampfte mit dem Fuß auf:

Ja.

Ich habe gerade gehört... Nein, ich habe ganz und gar nicht gesehen, daß sie kränklich war, ich bin ihr nicht begegnet. Ist sie sehr krank?

Sehr. Vermutlich bereits tot, verstehen Sie.

Johannes sah den Mann verwirrt an, dann seine Haustür, ob er hineingehen oder stehenbleiben sollte, dann wieder den Mann, seinen langen Mantel, seinen Hut; er lächelte verwirrt und betrübt wie ein Notleidender.

Der alte Hauslehrer fuhr drohend fort:

Wieder ein Beispiel; können Sie das bestreiten? Auch sie bekam nicht den, den sie haben sollte, ihren Liebsten seit der Kindheit, einen jungen, herrlichen Leutnant. Eines Abends ging er auf die Jagd, ein Schuß trifft ihn mitten in die Stirn und zerschmettert ihm den Kopf. Da lag er nun, ein Opfer der Fisimatenten, die Gott mit ihm vorhatte. Victoria, seine Braut, wird kränklich, eine Schlange fraß sie, durchlöcherte ihr Herz wie ein Sieb; wir, ihre Freunde, sahen es. Dann ging sie vor ein paar Tagen zu einem Fest bei der Familie Seier; sie sagte mir übrigens, daß auch Sie dort sein sollten, aber nicht kamen. Genug, auf diesem Fest übernimmt sie sich, die Erinnerungen an ihren Geliebten stürmen auf sie ein, und sie lebt trotz allem auf, sie tanzt, tanzt den ganzen Abend, tanzt wie rasend. Dann stürzt sie hin, der Boden unter ihr wird rot; man hebt sie auf, trägt sie hinaus, fährt sie nach Hause. Sie machte es nicht mehr lange.

Der Hauslehrer tritt dicht an Johannes heran und sagt hart:

Victoria ist tot.

Wie ein Blinder hält Johannes schützend die Hände vor sich.

Tot? Wann ist sie gestorben? Victoria ist tot?

Sie ist tot, erwidert der Hauslehrer. Sie ist heute morgen gestorben, an diesem Vormittag. Er griff in seine Tasche und zog einen dicken Brief heraus. Und diesen Brief hat sie mir anvertraut, um ihn an Sie zu übergeben. Hier ist er. Nach meinem Tod, sagte sie. Sie ist tot. Ich übergebe Ihnen den Brief. Meine Mission ist beendet.

Und ohne zu grüßen, ohne noch irgend etwas zu sagen, machte der Hauslehrer kehrt und ging langsam die Straße hinunter und verschwand.

Johannes blieb mit dem Brief in der Hand stehen. Victoria war tot. Er sagte immer wieder laut ihren Namen, und seine Stimme war gefühllos, fast verhärtet. Er sah auf den Brief hinunter und erkannte die Schrift; große und kleine Buchstaben, gerade Zeilen, und diejenige, die sie geschrieben hatte, war tot!

Dann geht er durch die Haustür, die Treppe hinauf, findet den richtigen Schlüssel für das Türschloß und öffnet. Sein Zimmer war kalt und dunkel. Er setzt sich ans Fenster und liest im letzten Licht des Tages Victorias Brief.

Lieber Johannes! schrieb sie. Wenn Sie diesen Brief lesen, bin ich tot. Alles ist jetzt so seltsam für mich, ich schäme mich nicht mehr vor Ihnen und schreibe wieder an Sie, als stünde dem nichts im Wege. Früher, als ich noch ganz im Leben stand, hätte ich lieber Tag und Nacht gelitten, als wieder an Sie zu schreiben; jetzt aber hat meine Seele angefangen, mich zu verlassen, und ich denke nicht mehr so. Fremde haben mich bluten sehen, der Doktor hat mich untersucht und festgestellt, daß ich nur noch den Rest einer Lunge habe, was soll ich mich da noch schämen?

Ich liege hier auf meinem Bett und denke an die letzten Worte, die ich zu Ihnen sagte. Es war an jenem Abend im Wald. Damals dachte ich nicht, daß es meine letzten Worte sein würden, denn dann hätte ich Ihnen sofort Lebewohl gesagt und Ihnen gedankt. Nun werde ich Sie nicht wiedersehen, und deshalb bereue ich, daß ich mich nicht vor

Ihnen niederwarf und Ihre Schuhe und die Erde küßte, auf der Sie gingen, um Ihnen zu zeigen, wie unsagbar ich Sie geliebt habe. Ich liege hier und habe mir gestern und heute gewünscht, gesund genug zu sein, um wieder nach Hause zu fahren und in den Wald zu gehen und die Stelle aufzusuchen, an der wir saßen, als sie meine beiden Hände hielten; dann hätte ich mich dort auf den Boden legen und Ihre Spur suchen und alles Heidekraut ringsum küssen können. Aber ich kann jetzt nicht nach Hause, es sei denn, es geht mir ein bißchen besser, was Mama glaubt.

Lieber Johannes! Es ist seltsam zu denken, daß ich nichts anderes ausgerichtet habe, als zur Welt zu kommen und Sie zu lieben und dem Leben jetzt adieu zu sagen. Glauben Sie mir, es ist seltsam, hier zu liegen und auf den Tag und die Stunde zu warten. Ich entferne mich Schritt für Schritt vom Leben und den Menschen auf der Straße und dem Wagengerassel; auch den Frühling werde ich wohl nicht wiedersehen, und diese Häuser und Straßen und Bäume im Park werden nach mir immer noch da sein. Heute konnte ich im Bett sitzen und ein wenig aus dem Fenster schauen. Unten an der Ecke trafen sich zwei, sie nahmen sich bei den Händen und lachten über das, was sie sagten; da war es so seltsam für mich, daß ich, die da lag und es mit ansah, sterben sollte. Ich dachte, die beiden dort unten wissen nicht, daß ich hier liege und auf meine Stunde warte; wüßten sie es aber, würden sie sich wohl trotzdem begrüßen und miteinander sprechen wie jetzt. Gestern nacht, als es dunkel war, dachte ich, es sei meine letzte Stunde, mein Herz stand fast still, und es war, als hörte ich weit draußen die Ewigkeit mir schon entgegenbrausen. Aber im nächsten Augenblick kehrte ich aus weiter Ferne zurück und begann wieder zu atmen. Es war ein unbeschreibliches Gefühl. Mama glaubt aber, ich hätte mich vielleicht nur an den Fluß und den Wasserfall zu Hause erinnert.

Großer Gott, Sie sollten wissen, wie ich Sie geliebt habe, Johannes. Ich habe es Ihnen nicht zeigen können; es stellte sich mir so vieles in den Weg und zuallererst meine eigene Natur. Papa war genauso grausam zu sich selbst, und ich bin seine Tochter. Jetzt aber, da ich sterben werde und alles zu spät ist, schreibe ich Ihnen noch einmal und sage es Ihnen. Ich frage mich selbst, warum ich das tue, da es doch gleichgültig für Sie ist, vor allem, wenn ich nicht einmal mehr am Leben bin; ich wollte Ihnen aber gern bis zum letzten Augenblick nahe sein, um mich nicht noch verlassener zu fühlen als zuvor. Wenn Sie dieses lesen, ist es, als sähe ich Ihre Schultern und Hände und all Ihre Bewegungen mit dem Brief, wie Sie ihn vor sich halten und lesen. Ich denke, dann sind wir einander nicht so fern. Ich kann Sie nicht holen lassen, dazu habe ich kein Recht. Mama wollte Sie schon vor zwei Tagen holen lassen, aber ich wollte lieber schreiben. Ich wollte auch lieber, daß Sie sich so an mich erinnern, wie ich einmal war, als ich noch nicht krank war. Ich erinnere mich, daß Sie ... (hier sind einige Wörter ausgelassen worden) ... meine Augen und Augenbrauen; aber auch die sind nicht mehr so wie früher. Auch aus diesem Grunde wollte ich nicht, daß Sie kommen. Und ich möchte Sie auch bitten, mich nicht im Sarg zu sehen. Ich werde wohl ungefähr so aussehen wie im Leben, nur ein wenig blasser, und ich werde ein gelbes Kleid tragen; aber Sie würden es doch bereuen, wenn Sie kämen, um mich zu sehen.

Nun habe ich heute viele Male an diesem Brief geschrieben, und doch habe ich nicht ein Tausendstel von dem gesagt, was ich sagen wollte. Es ist so schrecklich für mich zu sterben, ich will es nicht, ich hoffe so inständig zu Gott, daß es mir ein bißchen besser geht, und sei es nur bis zum Frühling. Dann sind die Tage hell, und an den Bäumen ist Laub. Wenn ich jetzt wieder gesund werden würde, wäre ich nie wieder grausam zu Ihnen, Johannes. Wie ich geweint und darüber nachgedacht habe! Oh, ich würde hinausgehen und alle Pflastersteine streicheln und bei jeder Treppenstufe, an der ich vorbeikomme, stehenbleiben und danken und gut sein zu allen. Es wäre einerlei, wie schlecht es mir ginge, wenn ich nur leben dürfte. Ich würde nie mehr über etwas klagen, nein, ich würde dem, der mich überfiele und mich schlüge, ein Lächeln schenken und würde Gott loben und danken, wenn ich leben dürfte. Mein Leben ist so ungelebt, für niemanden habe ich etwas tun können, und dieses verfehlte Leben soll jetzt zu Ende sein. Wüßten Sie, wie ungern ich sterben will, dann würden Sie vielleicht etwas, würden Sie alles tun, was in Ihrer Macht stünde. Gewiß, Sie können nichts tun; aber ich dachte, wenn Sie und die ganze Welt für mich beten würden und mich nicht aufgeben würden, dann würde Gott mir das Leben schenken. Oh, wie dankbar ich wäre, und nie mehr würde ich jemandem etwas Schlechtes tun, sondern zu allem lächeln, das mir beschieden wäre, wenn ich nur leben dürfte.

Mama sitzt bei mir und weint. Sie hat schon die ganze Nacht hier gesessen und meinetwegen geweint. Das tut mir ein bißchen gut, es mildert die Bitterkeit meines Abschieds. Heute dachte ich auch: Wie würden Sie es wohl finden, wenn ich eines Tages geradewegs auf der Straße zu Ihnen käme, schön angezogen wäre und nichts Verletzendes mehr sagte, sondern Ihnen eine Rose gäbe, die ich vorher gekauft hätte. Dann dachte ich gleich danach, daß ich nie mehr tun kann, was ich möchte; denn ich kann gewiß nie wieder gesund werden vor meinem Tod. Ich weine so oft, ich liege still und weine ohne Ende und ohne Trost; meine Brust tut nicht weh, wenn ich nicht schluchze. Johannes, lieber, lieber Freund, mein einziger Geliebter auf Erden, komm zu mir und sei ein wenig hier, wenn es dunkel zu werden beginnt. Ich will dann nicht weinen, sondern lächeln, so gut ich kann, nur aus Freude, daß Sie gekommen sind.

Oh, wo sind mein Stolz und mein Mut! Ich bin nicht mehr die Tochter meines Vaters; aber das kommt, weil die Kräfte mich verlassen haben. Ich habe lange gelitten, Johannes, schon lange vor diesen letzten Tagen. Als Sie im Ausland waren, habe ich gelitten, und später, seit ich im Frühjahr hier in die Stadt kam, habe ich Tag für Tag gelitten. Ich habe nicht gewußt, wie unendlich lang die Nacht sein kann. Ich habe Sie in dieser Zeit zweimal auf der Straße gesehen; das eine Mal summten Sie vor sich hin, als Sie an mir vorbeigingen, aber Sie sahen mich nicht. Ich hatte gehofft, Sie bei Seiers zu sehen; doch Sie kamen nicht. Ich hätte nicht mit Ihnen gesprochen und wäre nicht zu Ihnen gekommen, sondern wäre dankbar gewesen, Sie von weitem zu sehen; aber Sie kamen nicht. Ich dachte, es sei vielleicht meinetwegen. Um elf Uhr begann ich zu tanzen, weil ich das Warten nicht mehr aushielt. Ja, Johannes, ich habe Sie geliebt, habe Sie mein ganzes Leben lang geliebt. Dies schreibt Victoria, und Gott liest es über meine Schulter hinweg.

Und nun muß ich Ihnen Lebewohl sagen, es ist jetzt beinahe dunkel, und ich sehe nichts mehr. Leben Sie wohl, Johannes, danke für jeden Tag. Wenn ich von der Erde aufschwebe, werde ich Ihnen bis zum letzten Augenblick danken und auf dem ganzen Weg Ihren Namen vor mich hin sprechen. Leben Sie wohl Ihr Leben lang, und vergeben Sie mir, was ich Ihnen angetan habe und daß ich mich nicht vor Ihnen niederzuwerfen und Sie dafür um Verzeihung zu bitten vermochte. Ich tue es jetzt in meinem Herzen. Leben Sie wohl, Johannes, adieu für immer. Und noch einmal Dank für jeden Tag und jede Stunde. Ich kann nicht mehr.

Ihre
VICTORIA

Jetzt habe ich die Lampe angezündet, und es ist viel heller ringsumher. Ich habe im Halbschlaf gelegen und bin wieder weit von der Erde fort gewesen. Gott sei Dank, dieses Mal war es nicht so unheimlich, ich hörte sogar ein wenig Musik, und vor allem war es nicht dunkel. Ich bin sehr dankbar. Aber jetzt habe ich keine Kraft mehr zum Schreiben. Leb wohl, mein Geliebter ...

Die Originalausgabe »Victoria. En kærlighets historie«
erschien 1898
bei Cammermeyer, Kristiania (Oslo)

Textgrundlage der Neuübersetzung
ist die Ausgabe letzter Hand
der Samlede Verker *(Oslo 1934)*
Die deutsche Erstausgabe erschien 1899
im Albert Langen Verlag, Paris – Leipzig – München

Die Übersetzung wurde durchgesehen von
Prof. Dr. Walter Baumgartner

ISBN 3-471-79308-9

Gesamtherstellung: Ebner Ulm